（先っぽが、一番感じるのか……）
それに気づいた三巳は、尻尾の先を口に含み、甘い舌遣いで舐め回した。

ケモラブ。

水《み》戸《と》 泉《いずみ》
ILLUSTRATION：上《うえ》川《かわ》きち

ケモラブ。

LYNX ROMANCE

CONTENTS

ケモラブ。

1

「事業縮小ではなく、撤退ですね」

と、矮軀《わいく》を屈めて谷垣課長が呟《つぶや》いた。

革張りの椅子に深く腰掛け、上体を丸めると谷垣課長は老いた猫のように見える。頭髪はだいぶ薄くなってきているが、それも皮膚病に罹《かか》った可哀想な猫だと思えば可愛いと思えなくもない。そういうあたたかい視線で三巳七生《みついななお》は谷垣課長を見ていたが、やっぱり無理だな、無理があるなと思い直して目を逸《そ》らした。

視線を逸らした先には大きな窓と、抜けるような青空があった。三巳はその空に、スズメかカラスでもいないかと探したが、大空に舞うのは誰かに捨てられたコンビニのビニール袋だけで、視認できる有機的生命体の姿はどこにもなかった。肉眼では捕捉できない大きさの微生物なら無数に漂っているのだろうが、いくら三巳が動物好きでも、そのレベルの生物を愛せるほどストライクゾーンは広くない。

落胆を、冷たい美貌で覆い隠し、三巳は谷垣課長の確認に答えた。

「それでいいでしょう。今期、我が社の経常利益は黒字ではありましたが、赤字部門をわざわざ残す理由はない。基幹産業でもないし」

「では、決を採ります。ペット部門からの撤退に賛成の方は挙手願います」

谷垣課長のかけ声で、円卓を囲む役員たち全員の手が挙がる。

これで決まりだ。来期から、この三巳総合物産からペット関連部門が消える。ペット部門の社員たちは、社内の各部署に四散するか、リストラの対象となるかのどちらかだろう。そんな細かい人事は三巳の仕事ではないから、三巳が口を出すのはこれで終わりだ。

書類の束を秘書に預けて、三巳は椅子から立ち上がる。高層ビルの外には、うららかな冬の日射しが降りそそいでいた。

役員連中にも、あくびを嚙《か》み殺している者が何人もいる。今日の役員会議には緊張感というものがなかった。長引く不況にも拘わらず、この三巳グループには現在、赤字部門が一つしかない。それこそが緊張感を欠乏させる原因だった。

その赤字部門も、今日でなくなる。

(結構なことじゃないか)

他人に構われるのは面倒だから、三巳は自分でコーヒーを淹《い》れる。味にもまったくこだわりがない。インスタントコーヒーの粉末をカップに入れて、乱暴に湯を注ぐだけだ。

それを見た秘書や社員に「ちゃんと豆を挽《ひ》いたものをお出しします」などと気を遣われるのも嫌だから、社長室に移動してこっそりと一人で飲む。便所飯というのが一部のOLの間で流行《はや》っていると

ケモラブ。

聞いたが、あれは合理的でいいと三巳は思う。本当だったら三巳グループ内でも推奨したいくらいだが、さすがに正気を疑われそうだから、実行はしない。

とにかく三巳七生は、人間が嫌いだ。人間の声も嫌いだ。

（動物の鳴き声なら、百二十デシベルくらいまで平気なんだが）

泥水のようなコーヒーで水分を補給して、三巳は午後のスケジュールをこなすため、机に戻ろうとした。

大学を出て三年、亡き父から三巳総合物産を引き継いで二年。業績は常に右肩上がりを記録し、芳しかった。元より三巳七生は、大学在学中からベンチャービジネスで鳴らしていた。在学中に起業した服飾輸入業は物産内に組みこんで、今は他人に任せている。そのほうが効率がよかったし、自ら立ち上げてみたものの、三巳には服飾に対して強い思い入れがあるわけでもなかった。

むしろ、彼が本当になりたかったのは。

「…………」

書類仕事に取りかかる前に、三巳はもう一度、窓ガラスの向こうの世界に目を向ける。鳥の飛ばない、都心の空だ。ここは五十二階で、カラスもこんな高層階までは飛んで来ない。

三巳は、ずっと続く倦怠感《けんたい》をカフェインで無理矢理飛ばそうとしていた。が、彼は酒にも酔えない、カフェインもあまり効かない体質だった。

（鳥、来ないかな）

来もしない『待ち人』を、五分間だけと決めて三已は待った。どうせ来ないのはわかっている。だからこれは、疲れた目を癒《いや》すために空を見ているだけなのだと、三已はちゃんと自分が傷つかない言い訳を用意していた。

きっかり五分だけ待って、三已は机に戻る。と、その時、けたたましい声がした。まるで、動物のような。

「だから、社長に会わせろって！」

「こ、困ります！」

声は、社長室の外から聞こえた。すでにドアの近くまで来ているらしい。「困ります」と叫ぶ声は、聞き慣れた警備員のものだ。三已は、胡乱《うろん》げな視線をドアのほうへやった。

大企業のＣＥＯという立場上、他人から恨みを買うこともある。だからセキュリティには金をかけているのに、こんな所まで侵入されるとは、警備員は何をやっているのかと三已は憤《いきどお》ろしかった。

社員証がなければ、外部の者は社内には入れない。つまり、社員の誰かが部屋の外で怒鳴っている男を招じ入れたのだろう。一体誰がそんなことをしたのか。突き止めて、あとで厳しい処分を下そうと決めて、三已はドアを開ける。ここまで辿《たど》り着いた暴漢の顔くらいは、拝んでもやってもいいと思った。上背に恵まれ、鍛錬も欠かさない三已は、一人や二人の暴漢に襲われたところで恐怖は感じない。

ドアを開けた途端、警備員と目が合った。警備員は、三已の顔を見るなり「しまった」と顔色を変えた。三已の顔に、あからさまな怒気が滲《にじ》んでいたせいだろう。

「あ、すみません、社長。今、追い出し……て、いいんですかね、これ」

語尾は疑問形で、力なく小さく消えた。およそ屈強な警備員らしからぬ物言いだ。その理由を、三已は『暴漢』を見ることによって納得した。

てっきり暴漢だと思っていたその男の胸には、社員証がぶら下がっていた。他社の物ではない。紛れもなく、この三已総合物産の物である。つまり彼は外部からの侵入者ではなく、社内のどこかから、或《ある》いは関連会社から押しかけてきたのだろう。それなら、警備をものともせず、ここまで簡単に辿り着けるのも当然だ。

男は、警備員と揉《も》み合った挙げ句、床に尻餅をついていた。安っぽいスーツが、揉みくちゃにされている。琥珀《こはく》がかった眸《ひとみ》が、三已を見上げていた。若いのか年を取っているのか、判然としない不思議な顔立ちの男だ。

それより何よりも三已の目を引いたのは、ぼさぼさの髪の上に載せられているニット帽だった。

(なぜ会社にニット帽を?)

いくら寒い季節とはいえ、会社員が社内で帽子を被《かぶ》るなんてあり得るのか。一体誰が許可したのかケモラブ。


とは思ったものの、なんらかの疾病を隠すための措置である可能性も否めないから、三巳はその件に関してはとりあえず不問にした。

（しかし、変な形の帽子だな）

三巳の視線は暫《しば》し、男のニット帽に釘付《くぎづ》けになった。ニット帽は、スキーヤーなどが好んで被る、平凡なデザインとは少し違っていた。頭上に二つ、ぴょこりと角が生えているデザインだ。角というよりは、猫か何かの耳と表現するほうが近い。女子高生などが戯れにそういうデザインの帽子を被っているのを見たことがあるが、最近では成人男性も被るのだろうかと三巳は訝《いぶか》しんだ。

（頭蓋骨が変形する病気、とか？）

ひねくれているわりには妙に優しい視線で、三巳は男の帽子を彼なりに解釈しようとした。彼らしからぬ不自然な優しさが発生した理由は多分、その突起が猫の耳に似ていたせいだ。

ニット帽を被った男の目は丸く見開かれて三巳を映し、その唇から小さく言葉を発した。

「うお、でけぇな……」

三巳の身長を指してそう言っているのであろうことは、三巳自身にはすぐ察せられた。身長百八十センチをゆうに超える三巳は、そういう声を浴びることが多い。

それはさておき社員のくせに、この男は社長の顔も知らなかったのかと三巳は憐《あわ》れんだ。

（こんな馬鹿、誰が採用したんだ）

床に座る男を、三巳は冷たく見下す。ほんの数秒、喧噪《けんそう》が止み、水を打ったような静寂が訪れる。三巳と男とが見つめ合う間、騒ぎを聞きつけ集まってきた周囲の者は誰も手が出せないでいた。

先に我に返ったのは、闖入者《ちんにゅうしゃ》である男のほうだった。男は、ひどく慌てて名乗った。

「あ、あー、俺、ミツワンの瀬嶋《せじま》です。瀬嶋櫂司《かいじ》」

「せじま……？」

三巳は頭の中で、人事部のデータベースを展開させた。ミツワンとは、まさに先刻の会議で事業撤退が決まった三巳総合物産内のペット産業部門の名だ。そして、その部門の総括責任者の名前が瀬嶋櫂司だった。有り体《あ　てい》にいえば、子会社の社長である。

三巳の冷たい視線を、瀬嶋は贋者《にせもの》だと勘違いされているとでも思ったのだろう。ばたばたとしわくちゃのスーツを探り、名刺を取り出し、座ったままで差し出した。

社内で、子会社の社長が代表取締役に名刺を差し出すことに何か違和感を抱かないのかとまた三巳は呆《あき》れたが、如何《いかん》せん三巳総合物産の組織は巨大だ。名前くらいは知っていても、顔を知らない間柄というのは珍しくもない。

そういえばミツワンの統廃合は結構前から囁《ささや》かれていて、ミツワンは社内でもずっと冷遇され続けていたことを三巳は思い出した。創立記念パーティーにも、赤字部門の社員たちは呼ばれない。三巳総合物産は、先代、先々代から、徹底した成果主義を貫いている。規制が緩和され、新自由主義がこ

の国に蔓延《はびこ》るよりずっと前から三巳総合物産はそういう体質の会社だった。その社風ゆえに、グループ内の底辺を這《は》いずっていたであろう瀬嶋が三巳の顔を知らないことに不思議はない。

「……で？」

差し出された名刺は受け取らず、三巳は瀬嶋を見下ろした。瀬嶋は床に尻をついたまま、自然と三巳を見上げる格好になる。ようやくそのおかしさに気づいたのか、瀬嶋はわたわたと立ち上がった。

背筋を伸ばして直立してみれば、瀬嶋の背格好はそれほど悪くはなかった。手足は長く、均整が取れている。顔だって彫りが深く、個々のパーツは美しい。特に眸が美しかった。真っ黒な三巳の眸とは違い、薄茶というより、琥珀に近い透き通った色だ。

なんとなく、何かを思い出しかけて、三巳はその記憶を閉じこめた箱の蓋を頭の中で無理矢理閉めた。

三巳はずっと無表情だったから、瀬嶋が三巳の内心の変化に気づくことはなかっただろう。受け取られなかった名刺を手にしたまま、瀬嶋は大きな声で言った。

「単刀直入に言います。ミツワン、ペット産業部門からの撤退を撤回してください」

（……ああ）

そういうことかと、三巳は合点した。要するに彼は、直談判《じかだんぱん》に来たというわけだ。赤字を理由に撤収される部署の長が、最後の命運を賭けてグループのトップにまで掛け合いにきた。

そう理解した途端、三巳の心は急速に冷えた。一社員のそういった事情にいちいちつきあっていては、きりがないのだ、と。

「そういうことは、谷垣課長に言うように」

そんなのは自分の仕事ではないとばかりに、三巳は瀬嶋の横を通り過ぎようとする。が、瀬嶋もここまで来て、おいそれとは引かない。

「ちょ、待ってくださいよ、ほらここに、ミツワン残すための資料とか、お客様からの嘆願書とか署名とかっ、まとめて持ってきま……」

「谷垣くんに渡してください」

「谷垣さんに渡そうとしたら、あんたに渡せって言われたんですよ！」

その言葉に、三巳がため息をついたものだから、固唾《かたず》を呑んで様子を見守っていた周囲の社員から嫌などよめきが漏れた。心なしか三巳の耳には「谷垣オワタ」という声が聞こえた気がしたが、あながち空耳でもなかった。

谷垣を、あとで粛正、否、処分しようと三巳はその瞬間に決めていた。

谷垣もまさか、「ＣＥＯに直接言え」と言われて本当に直談判に赴いてしまうチャレンジャーがいるとは思っていなかったのだろうが、結果は結果だ。三巳はそういう無駄手間を踏まされるのが、何より嫌いだった。


ケモラブ。

そのまま無視して通り過ぎようとする三巳の前に、瀬嶋が仁王立ちで立ちはだかる。

「ミツワンを残すって言ってくれるまで、俺、ここから動きませんよ！」

「こ、こらっ、社長になんてことを……！」

再び気色ばんだ警備員が、瀬嶋を引き離そうとするが瀬嶋も負けじと押し返す。三巳ほどではないが、瀬嶋もまた、なかなかいい体格をしている。上背は百七十センチ後半といったところかと、三巳は目測した。

（ウェイトをあと三キロ絞ったほうがいいな、この人は）

少しふっくらしている腹回りを見て、三巳はそっと考えた。三巳総合物産は、ＣＥＯである三巳自身は二十七歳という異例の若さだが、役員クラスは他の旧態依然とした企業と同様、三十五歳以下の人材などいない。つまり瀬嶋は、最低でも三十五歳以上のはずだ。

若かった頃はそれなりにもてただろうと、三巳は初対面の瀬嶋を評した。評した直後に、自分は一体何をこんなところで時間を浪費しているのかと我に返る。

騒ぎを聞きつけて、警備員の数が増え始めた。もはや捕物帖《とりものちょう》のような喧噪である。こんな騒ぎを起こしては、ミツワンの存続どころか彼が会社に残ること自体が困難になるであろうことは想像に難くないはずだ。

（一体何を考えているんだ、この男は）

ケモラブ。


もしかしたら何も考えていないのかもしれないと、三已は踵《きびす》を返した。それでも食い下がろうとする瀬嶋に、三人の警備員が一斉にのし掛かる。いよいよ追い詰められた瀬嶋は、地金が出たのか、少し乱暴な口調で三已を呼び止めた。

「おい、待てって！」

それだけならば、三已は無視し続けることができた。が、次の瞬間に起きたことに関しては、とても看過することはできなかった。

「うわっ!?」

三人の警備員の口から、一斉に叫声《きょうせい》が漏れる。反射的に振り返った三已は、そこに信じられないものを見た。

（何……!?）

瀬嶋の体が、天井近くまで跳躍していた。それから壁を蹴りつけて中空で方向を変え、警備員や野次馬の社員たちの頭を飛び越え、三已の目の前に着地したのだ。

瞬間、ざわめきが止んだ。誰しもが目の前で起きたことに対して、感想や所見を述べることを躊躇《ためら》っていた。

（跳んだ……？）

三已は天井付近を見上げた。白い壁にはうっすらと、靴跡が残っている。たった今、刻まれたばかりの靴跡だ。

空想上の忍者が実在したのなら、天井近くの壁に足跡を刻むことも容易《たやす》かっただろう。しかし、あれはフィクションだ。どれほど身の軽いアクション俳優でも、助走もなしに天井まで飛び上がることはできないだろう。しかも、一般家屋の天井ではない。このフロアの天井は、三メートル近いのだ。

その場にいる者すべての視線が、冴えない男に注がれている。誰しもが、たった今目にしたことを信じられないでいた。

無神経とも思える行動をした瀬嶋も、さすがにその視線は無視できなかったのか。はっとしたように辺りを見回し、あからさまに焦っている様子を見せた。

「え、えと、その……」

瀬嶋はしどろもどろに、何か言い訳をしようとしている。が、結局のところ、何も思い浮かばなかったのだろう。

この平凡な日常の中に彼が突如出現させた、『異常』について。

「で、出直してきますっ！」

そう言い捨てて、何をするかと思いきや、瀬嶋燿司は窓のほうへと駆け寄った。ここは五十二階であるから、窓は開かない。嵌《は》め殺しである。まさか、と三巳は息を呑んだ。斯《か》くしてその予感は的中した。

瀬嶋櫂司は、勢い余って窓に激突、しかし粉々に砕けたのは彼の頭蓋ではなく、窓硝子《ガラス》のほうだった。瀬嶋はそのままの勢いで、窓の外へと飛び出した。一番近くにいた三巳は、反射的に瀬嶋の服を摑《つか》もうとした。

この状況で、瀬嶋の行動を合理的に説明しようとしたら、投身自殺以外には考えられなかったせいだ。

しかし三巳の手は、瀬嶋の肉体及び着衣のどこにも届かなかった。瀬嶋の体は、そのまま窓の外に投げ出された。警備員と社員たちの間から、悲鳴があがる。誰しもが、瀬嶋櫂司の無惨な死を思った。

一番早く体が動いたのは、三巳だった。三巳は、割れた窓から身を乗り出し、下の様子を確かめた。

遠く下界に、豆粒のように動く人々の黒い頭が見える。そこに瀬嶋の、無惨に拉《ひし》げた死体はないようだ。あれば、下界の者たちがあんなにゆったりと歩いているはずがない。ただ、割れた硝子の破片だけが、雪の結晶のようにキラキラと降りそそいでいる。

(どこだ!?)

三巳は尋常ならぬ気配を感じ、はっと上を見た。瀬嶋は落下したのではなく、窓の上の配管にしがみついていた。

まずは彼が生きていたことに安堵し、然《しか》る後に三巳は瀬嶋を助けようとした。が、瀬嶋は自らの唇の前に人差し指を立てた。

ケモラブ。

『黙っていてくれ』というジェスチャーだ。

なぜだか反射的に三巳は口を噤《つぐ》んだ。そこには何もない、誰もいない、自分は何も見ていない、そういう顔を作っていた。

その間に瀬嶋は、ひらりと下半身を反転させ、逆上がりの要領で配管を昇り、屋上へと向かった。

配管を伝っているとはいえ、その間隔は遠い。正気の人間なら、命綱なしで渡ろうとはしない冒険だろう。

その時、突風が吹いた。細長いビルは、ただでさえ風を受けやすい。瀬嶋のニット帽が風に飛ばされた。

「な……」

その帽子の下から現れた『もの』については、目の錯覚だと三巳は信じたかった。

悪い冗談か何かなのだと。

2

昼間の騒動が嘘のように、三巳総合物産の社内は静まり返っていた。

夜半が過ぎ、社員の大半が社内を去った頃。三巳は一人、社長室の椅子に座り、自分のパソコンから人事部のデータベースにアクセスしていた。さっき淹れたコーヒーが、もうすっかり冷めている。三巳は淹れなおそうとも思わず、その冷たいコーヒーでサンドイッチを流しこんだ。これで夕飯を食べる手間がなくなる。

（瀬嶋、燿司……）

乾いたパンを咀嚼《そしゃく》して飲み下すと、三巳はもう一度、ディスプレイに見入った。残業はしない主義の彼が、勤務時間外にこれほど熱心に見ているのは、昼間押しかけてきた男のデータベースだ。

瀬嶋燿司が、ペット産業部門、ミツワンの総括責任者であることは三巳も記憶していた。が、如何《いか》に記憶力に自信があるとはいえ、社員の詳しいプロフィールまでもは覚えていない。三巳は本当に久々に、他人というものに興味を持った。

瀬嶋燿司、三十五歳。北海道出身、北海道中央大学卒。現在は都内新宿《しんじゅく》区在住、未婚、賞罰なし。

今年の初めに行われた健康診断の結果は良好、病歴もなし。身長百七十五センチ、体重七二キロ。

通り一遍のプロフィールを確認すると、三巳はギッと背もたれを鳴らして、背中を後ろに仰《の》け反《ぞ》らせた。机の向こうは大きな窓で、そのさらに向こうには東京の摩天楼が星空のように広がっている。

暫しそれを眺め、目を休めてから、三巳は自分のスマートフォンを取り出した。仕事で使っているほうではなく、あくまでもプライベートに楽しむために所持している物だ。ファイルに指先でタッチして、三巳がディスプレイに広げたのは、茶虎模様の猫の写真だった。スマートフォンの画面いっぱいに展開される虎縞模様を、三巳はそっと慈しむように指先で撫でる。

（猫……）

もう触れることができない、温かく柔らかい感触を、三巳は指先に思い浮かべる。昼間見た『虎縞模様』が不意に脳裏に浮かんで、三巳は軽く首を振った。

（猫……だよ、なあ……？）

背もたれに預けていた上半身を、腹筋の力で元に戻し、三巳は机の上で肘をついて組んだ両手に額を押しつけた。

いまだ確信が持てないのである。昼間、自分の目で見たものについて。

猫は、茶虎模様が一番可愛いと三巳は思う。かといって白黒やサビ模様や黒や白や三毛が可愛くないわけではない。けれどもやっぱり三巳の主観の中で、一番可愛いのは茶虎だ。

（茶虎……だった）

突風に攫《さら》われ、舞い落ちたニット帽。

突風に煽《あお》られ、ぴょこぴょこと揺れていたあれは。

(猫の耳……だった)

昼間、三巳が目撃したのはそれだった。

驚異的な脚力で天井まで飛び上がり、高層ビルの窓からひらりと飛び移った彼こと瀬嶋櫂司の頭に生えていたのは、間違いなく、紛れもなく、猫耳だった。しかも三巳の大好きな、茶虎模様の。

(そういうヘアバンドも、あるにはあるが……)

三十五歳の男が、猫耳のヘアバンドをつける。幼稚化の進むこの国ならばあり得ないことでもないと、若干《じゃっかん》二十七歳にして三巳はだいぶ老けたことを考えた。が、それとは別に、猫を愛し続けて二十年の、三巳自身の勘が叫ぶのだ。

あれは、本物の耳だと。

(あの毛羽立ち方、動き方、抜け毛っぷり、不自然ではない適度な艶……)

どこを取っても、本物だ。三巳の目には、そう見えた。もしも瀬嶋が猟奇犯罪者で、どこかの猫から耳をむしり取って自分の頭に装着しているのだとしたら許さない。貴様の耳も削《そ》いでやる、という程度には三巳は怒るが、今回、そうは思えない決定的な理由がある。

大きさが、『人間用のそれ』だったのだ。成人男性の頭にくっついていても、違和感がないちょうどいい大きさだったのだ、瀬嶋櫂司の頭から生えていた猫耳は。

ケモラブ。

（本物の猫から移植した耳なら、もっと小さくないとおかしい）

あんな大きい耳を持つ猫はいないと三巳は思う。虎の耳だって、もう少し小さい。人間に装着したら、不自然だ。

（…………）

組んだ両手に額を乗せたまま、三巳はじっと、考えた。なんだ。なんだったんだ、あれは。そればかりが脳裏にこびりついて、払拭できない。こんなことは三巳には初めてだった。気持ちの切り替えは上手《うま》いほうだという自負が、彼にはあったのに。

あの、ふわふわした耳が、忘れられない。どうしても。

（いや、気にするべきはそこなのか……？）

思わず三巳は自問した。瀬嶋が来訪した目的は、自分にだけこっそりと猫耳を見せつけることではなかったはずだ、と思い直す。

そういえばそもそも彼はなんのために来たんだっけ？　と二秒くらい考えて、ああそうそう、ペット部門からの撤退を中止してくれと言いに来たんだ、と三巳はやっと思い至る。

（するけどな、撤退）

朝令暮改は、組織の維持発展のために大変よろしくない。その点、三巳はブレるつもりはなかった。

（駄目だ。煮詰まる）

ようやく三巳はパソコンの電源を落とし、椅子から立ち上がった。

ここで考え続けたところで、あの男が『何者』なのかはわからない。こんなことに時間を費やすのは愚かだと三巳は反省した。

（……なんとなく、これ以上関わらないほうが、いい気がする）

社長室を出て行く時、三巳は確かにそう考えていた。謎だから知りたい、という好奇心など、持たないほうがいい。それは自分の立場上、合理的でないのだ、と。

（そうだ。人間の頭に猫耳が生えていたから、なんだっていうんだ）

別に何も困らない。音がよく聞こえて本人は便利かもしれない。

三巳は、自身でも自覚できないところで、だいぶ疲れていた。

◆◇◆

その夜に限って、三巳が車を使わず、歩いて帰宅したのはただの気まぐれだった。真冬には珍しくあまり冷えこまない夜で、外気が気持ちよかったのだ。妙に火照《ほて》っていた体と頭を冷ましたい気持ちもあった。

三巳の自宅は、会社から徒歩十五分の位置にある。車が必要な距離ではないが、立場上、徒歩での通勤は役員や株主たちから好まれなかった。

（僕が自分で車を運転することも、役員連中はよくは思わないからな）

ＣＥＯが事故でも起こせば、大変なスキャンダルになり、株価にも影響する。役員たちはそれを危惧しているのだろう。立場に相応《ふさわ》しく、運転手つきの車に乗るべきだと、彼らは主張した。その心配は理に適《かな》っているから、三巳も別に逆らわない。そうして楽しみがまた一つ減った。車は、三巳の数少ない趣味の一つだった。

運転手の顔を見るのも鬱陶《うっとう》しい時、三巳は歩く。株主や役員連中も、徒歩ならば文句はないだろうという捨て鉢な気持ちで、歩く。

夜道を歩きながら、三巳は自分が十八歳の頃に免許を取得した理由を思い出していた。

（動物を病院に連れて行く時、車がないと不便だ）

あの時はまだ、『ゆみえ』がいた。ゆみえのために取った免許だった。病院だけじゃなくて、二人で色んな所に行きたかった。

それももう、叶《かな》わぬ夢だ。

大通りを歩くこと十五分、三巳は自宅のあるタワーマンションの敷地に足を踏み入れた。高い塀に囲まれた敷地に入るには、中央ゲートでIDカードをカードリーダーに通さなければいけない。ポリスボックスに立つ警官からの挨拶に目で応え、三巳は足早にマンションへと向かった。このマンションには政府要人も入居しているから、セキュリティは万全だった。

都内には貴重な広い敷地も、徒歩で回るのには多少難儀する。タワーマンションをぐるりと囲む、森と池を模して造られた庭園は、昼でも人影が少ない。

わざわざ都心のマンションに部屋を持つ者たちは皆忙しく、せっかくの敷地を歩く暇もないのだろう。三巳自身も例外ではなかった。ここへ越してきてずいぶん経つが、ゆっくりと庭園を散策したことなど一度もない。

マンション入り口の灯りを目指して、少し近道しようと植林された茂みに足を踏み入れたその時。

「騒ぐな」

首筋に、冷たい何かが触れた。大木の陰から、誰かが光る物を三巳の首に押し当てていた。

三巳は動きを止め、視線だけを動かして背後に立つ誰かを見ようとした。が、背後に立つ男がそれを制止する。

「動くなよ。そのまま前を見てろ」

「財布なら胸ポケットの中だ。欲しければくれてやる」

三巳がそう告げると、男は苛立たしげに舌を打った。

「いらねーよ」

首筋に当てられているのは、刃渡り五センチほどのナイフだった。物盗りでないことは、三巳には最初からわかっている。このマンションのセキュリティをかいくぐり、敷地内まで侵入できる者に三巳は心当たりがあった。

（懲《こ》りない人だな）

拉致するのなら、車が入れる場所でないとあまり意味がないだろうにと三巳は哀れんだ。もちろん、車が入れる場所、たとえば地下駐車場に侵入するには、三巳個人が設定したパスワードを解除しなければならない。それができないから、三巳が気まぐれを起こして庭園を歩くという極めて低い確率に賭けるしかなかったのだろう。マンション棟内には至る所に監視カメラがついているし、高層階の室内に侵入するのも難儀だ。

三巳は男に背中を向けたまま、左腕で強烈な肘鉄を食らわせた。

「げっ……」

肘の先が、肋骨《ろっこつ》に食いこむ確かな手応えがあった。いい感触だ、と三巳はほくそ笑む。男が怯《ひる》んだ隙に素早く後ろを向き、三巳は男と正面から対峙《たいじ》した。暴漢は、三巳が見たことのない顔だった。『奴』が新しく雇い入れたのだろうと思った。

暴漢の身柄を確保して警察に突き出し、真実を吐かせよう。今まで襲ってきた暴漢は皆、逃げ足だけは速くて、捕まえることは叶わなかった。今度こそ証拠を押さえようと三巳が反撃を開始したその時。

男は、恐るべき『脅迫』を三巳にした。

「く……っ、これでどうだ！」

「何……？」

暗がりの中で、三巳は瞠目《どうもく》した。

にゃあ、と弱々しい声が、耳に響いた。

暴漢が尻ポケットから、まるでボロ雑巾を扱うように取り出したのは、一匹の仔猫だった。それも、痩せた小さな仔猫だ。毛色は茶虎。捨て猫だったのか、目は目やにで塞《ふさ》がれていて、半分も開いていない。

三巳の顔から血の気が引いた。

（なんてことをするんだ……！）

知らぬこととはいえ、自分は今、男の腹に肘鉄を加えた。たまたま体格のいい男だったからよかったものの、男が衝撃によって尻餅をついていたらと思うと三巳は蒼白にならざるを得ない。そんなことになれば、仔猫が無惨に圧死してしまう。

三巳の顔色を見て、男はにやりと悪辣そうに口の端を吊り上げた。

「情報は、本当だったみたいだな。ははは、大企業の社長様が、まさかこんな脅しに怯むとはなあ」

「ひ、怯んでなど……」

そう言う三巳の声は、明らかに震えている。男の親指と人差し指が、仔猫の首にかかっているからだ。首を掴まれ、宙にぶら下げられている仔猫は苦しそうに四肢を動かしている。思わず三巳は叫んだ。

「その子を放せ！」

「よーし、だったら俺と一緒に来てもらおう」

爪が刺さるほど強く、三巳は拳を握りしめた。逆らえない、と思った。逆らえば猫が殺されてしまう。

しかし、男についていけばもっと酷《ひど》いことが起きる。

（一か八かで、飛びかかってみるか……）

三巳は間合いを計ったが、男を倒して、仔猫を無事に救出できそうな見込みはなかった。男を殴り倒すだけなら容易いが、その瞬間に首を絞められたり投げ捨てられたりすれば、仔猫は無事では済まない。

躊躇いつつも拳を下ろした三巳の両手に、男は手錠をかけた。仔猫は再び男のポケットに収められた。その上にハンカチを被せ、敷地の外へと連行する心算《つもり》だろう。

最悪だ、と三巳は初めて額に汗を浮かべる。このまま自分が拉致されれば、会社の未来はない。が、抵抗すれば今度は猫の命がないだろう。

猫か、会社か。

二秒ほど思案して、三巳は結論を出した。

（………人間は、会社が倒産してもそう簡単には死なないさ）

ああこれは認知の歪《ゆが》みだなという自覚は三巳自身にもうっすらと残っていたが、ここでそれを曲げて再び心に傷を負うくらいなら自分の欲望に素直になりたい。それは三巳の防衛本能が導き出した結論だった。

三巳はその時、てっきり自分は拉致監禁されるのだと信じていた。しかし男は、周囲に人がいないことを入念に確かめてから、三巳の背中を狙って刃先を振り下ろした。

すんでのところで三巳はそれをかわした。背中を向けていたのに、なぜすぐに気づくことができたのかといえば、仔猫がか細く鳴いたからだ。別に三巳に知らせる意図があって鳴いたわけではなく、ぎゅうぎゅうに押し込められたポケットの中が息苦しかったのだろう。それで三巳は、振り向くことができた。

「何をする！」

「うるせえ！　黙れ！」

叫びながら男は、尚も三巳を刺そうと迫る。手錠をかけられているため、三巳の防御は字義通り後手に回る。

後ろに蹈鞴《たたら》を踏んだ時、三巳は踵《かかと》を、花壇の縁石に引っかけた。しまった、と思った時にはもう、三巳の体は仰向けに転がっていた。

犬のように息をあげて、男がその上にのし掛かってくる。首を目がけて、ナイフが振り下ろされる。

今度こそ終わったと、三巳は覚悟した。脳裏に、唯一のいい思い出である、茶虎の毛並みが浮かぶ。

三巳は目を閉じなかった。だから、その一部始終を垣間見《かいまみ》ることができた。

「な……」

暗闇の上空で、金色の目が光った。何かが夜空から降ってきた。猫だ。それも、かなり大きい。豹《ひょう》か、他の肉食獣か。考えているいとまもなく、三巳にのし掛かる男の体は横に吹っ飛んでいた。

「うぉ!?」

叫んだ男の上に、空から降ってきた何かが飛び乗った。大きい。成人男性くらいの大きさだ。というよりも、成人男性そのものだ。

（いや、しかし……）

三巳は暫し、突然降ってきた『それ』に見入った。

ピンと立った茶虎模様の耳。尻からすんなりと伸びた尻尾。美しい毛並みである。三巳は心底から危機感を忘れ、その毛並みに目を奪われた。

（なんて、美しいんだ……）

三巳が完全に自分の立場を忘れて恍惚《こうこつ》としている間に、戦いは終わった。男は、突如現れた『猫のような人のような豹のような不思議な生き物』にしこたま引っ掻かれ、嚙みつかれ、殴られ蹴られ、体中から血を流し、戦意を喪失していた。

「おい、こいつ、どうする？」

振り向いた不思議生物の、耳と尻尾ばかり見ていたから、三巳はそのことに気づくのにだいぶ時間を要した。

その顔も、声も、昼間見聞きしたばかりのものであることに。

「……あ」

瀬嶋だ。瀬嶋櫂司。顔だけでなく、その耳には見覚えがある。というより、一度見たら忘れられない。

昼間はちらりと見ただけだったが、こうして月光の下で見ると、その毛並みは艶やかに光り、本当に美しかった。

「おい、大丈夫か？　だいぶやられたか」

不思議生物こと瀬嶋燿司は、男の上から立ち上がり、三巳のもとへやって来た。彼は、昼間と同じ安っぽいスーツを着ていた。昼間と違うのは、スーツの尻の部分が破けていて、そこから尻尾がにょろりと伸びていることだ。昼間被っていたニット帽は、頭の上になかった。

代わりに虎縞模様の、大きな耳が堂々と風に靡《なび》いていた。

やはり昼間見たあれは錯覚なんかじゃなく、現実だったのだと、三巳は息を呑んだ。

その『現実』が今、三巳の前にしゃがみ、三巳の顔を心配そうに見下ろしている。昼間見た時よりも濃い、金目だった。猫と同じ色だ。これもまた美しい。三巳は小さく、感嘆のため息をついた。

「頭打ったのか？」

瀬嶋の手が、三巳の額にそっと触れる。その手のひらに肉球がついていないことが、三巳にとって最大のがっかりポイントだったが、がっかりしている場合ではなかった。はっとして三巳は叫んだ。

「猫！」

「おう」

三巳の叫びに、瀬嶋が挙手して答える。自分が呼ばれたと思ったのだろう。しかし三巳が呼んだのは、彼ではない。

「奴のポケットに、仔猫が入ってる！　今ので、潰れたんじゃ……」

「何ィ⁉　そういうことは早く言え！」

立ち上がろうにも、両手を手錠で縛められているせいで素早くは動けない三巳より先に、瀬嶋が確認に駆け戻る。俯《うつぶ》せに倒れている男の体をまさぐって、瀬嶋は仔猫を探し出した。

しかし、男の服の中に猫はいなかった。瀬嶋は三秒ほど動きを止め、文字通り『聞き耳』を立てる。

「そこだ！」

闇に包まれた花壇に、瀬嶋が飛びついた。斯くしてもう一度振り向いた瀬嶋の手には、虎縞模様の仔猫が抱かれていた。

「おう、無事だ！　一匹だけか⁉」

「多分そのはずだが、念のため確かめてくれ！」

「わかった！　おい、こら、人質は一匹か⁉」

瀬嶋に全身をチェックされ、男は「うぅ……」と呻吟《しんぎん》した。どうやら人質に使われた猫は、一匹だけのようだった。

「あっぶねぇ〜、知らないで思い切りボコッちまったよ。最初にぶん殴った時、弾みで、猫は飛び出したんだな」

額の汗を拭いながら瀬嶋が言った。仔猫が無事であることに、三巳は心から安堵した。瀬嶋は、助けた仔猫に頬擦りをしている。

「よかったなあ、お前、潰されなくて」

そう告げて、瀬嶋は仔猫の鼻にキスをした。三巳はずっと、その光景を目に焼き付けていた。仔猫の毛並みは、捨て猫だったのか親とはぐれたのか、艶がなくボロボロだったが、磨けば光る逸材に見えた。磨いて光らない猫などいないというのが三巳の持論ではあるが、それとは別に、非常に三巳の『好み』だった。そして、ダイヤの原石を抱く瀬嶋の耳と尻尾は、跪《ひざまず》いてキスしたくなるほどの艶だ。

そんな二人（？）がキスをしている様を眺めるのは、居並ぶ美女二人を見ているような、陶然《とうぜん》とした気分だった。

（片方は仔猫だから、ロリと熟女か……？）

頭に浮かんだ妄想を、三巳は慌てて打ち消した。自分は一体何を考えているのか、と。

冷静になれ。おっさんと猫だ。おっさんと猫だ。大事なことなので三巳は頭の中で二回、復唱した。

三巳が葛藤し、瀬嶋が猫とキスしている隙に、暴漢はこっそりと立ち上がり、脱兎《だっと》の如《ごと》く走り出す。

先に気づいたのは瀬嶋だった。

「あっ、おい、待て！」

「追わなくていい」

追いかけようとする瀬嶋を、三巳は静かに止めた。

「犯人はわかっている」

「そうなのか？　ほんとにいいのか？」

三巳に止められ、瀬嶋は大人しく立ち止まる。

猫がいなければ、三巳も迷わず瀬嶋に男を捕まえさせた。が、今の三巳は、とにかく一刻も早く猫を温かい場所へ連れて行きたかった。さらに言うなれば、猫と『二人きり』になりたかった。三巳は猫に対して、見境がなかった。

暫し、沈黙が流れた。まずは助けてくれたことに対する謝辞を述べるべきなのに、三巳は巧く言葉を紡げない。心臓は早鐘を打ち、舌は痺《しび》れたように動かない。

なのに、視線だけは正直だった。

瀬嶋櫂司から、目が離せない。

熱に浮かされたような三巳と比べれば、瀬嶋はもう少し冷静なようだった。瀬嶋は、暴漢が逃げ去った方向を振り返って叫んだ。

「あっ！　やっぱりよくねえじゃん！　手錠、どうやって外すんだよ!?　鍵がねーのに！」

「……あ」

瀬嶋に言われて、三巳もようやく自分が置かれている状態を思い出す。三巳の両手は、手錠で繋《つな》がれている。

それでやっと、三巳は瀬嶋に話しかけることができた。

「部屋に、工具がある。その……一緒に、来てくれれば……」

外すことはできる、と三巳が躊躇いがちに告げると、瀬嶋はあっさり快諾した。

「んじゃ部屋に行くか」

両手が不自由な状態のまま、三巳は瀬嶋を自室へと導いた。庭園を通り抜け、セキュリティカードと暗証番号でロックを解除し、エントランスホールからエレベーターホールへと向かう。マンション内に一歩足を踏み入れた途端、瀬嶋は感嘆の声をあげた。

「うわー、天井たっけぇ。なんでホテルでもねーのにフロントとかあんの」

どう反応していいのかわからず、三巳は押し黙った。仔猫は、瀬嶋の手に抱かれたままだ。まずは仔猫に水とエサをやって、それから。

(それから……どうしよう?)

瀬嶋はすぐに帰ってしまうだろうかと、三巳は考え続けた。考え続けた結果、もっと他の、大切なことを失念していた。

(耳と尻尾……隠さなくて、いいのか?)

それは人に見られてもいいものなのか? と三巳は悩んだが、フロントの受付嬢は顔色一つ変えずに「お帰りなさいませ」と会釈した。尤《もっと》も、フロント嬢はプロだから、ものすごく奇異な格好した者が闖入してきても、それが居住者及びその同伴者である場合はなんら私的な感想は口にしない。危険を感じた時は、顔色一つ変えずにそっと、机の下に隠された警備員室への通報ボタンを押すだけだろう。

「うおー、エレベーターの中に椅子があるじゃん！　フカフカじゃん！　エレベーター広ぇー！」

エレベーターに乗っても瀬嶋はまだ興奮していた。まるで子供のようだと三巳には微笑ましかった。が、よくよく考えてみればただ単純にものすごく貧乏だったのかも、という気もした。

（毛並みを、もっと、整えてやりたい……）

三巳の視線は、瀬嶋の耳と尻尾に釘付けだった。興奮しているせいか、瀬嶋の耳と尻尾はピンと立ち上がっている。毛繕いできるものならしてやりたい。そういうよくわからない衝動に、三巳は駆られていた。

エレベーターが、最上階である三十階に着いた。三十階には、三百平米《へいべい》の部屋が三つ、入っている。そのすべてを三巳は所有していた。他人が同じフロアに存在していること自体に耐えられないからだ。かといって地上の近くには住みたくないから、一戸建ての住居も選択の範囲に入らない。そういう、贅沢《ぜいたく》すぎる苦肉の策だった。

瀬嶋に鍵を渡して開けてもらい、三巳は自室へ体を滑りこませた。もちろん、瀬嶋と仔猫も一緒だ。

ここへ来ても瀬嶋の興奮は止まらない。

「うおおっ、何これ、都内一望!?　昼とか富士山見える!?　スカイツリーは!?」

「全部見えます。工具は、そのクローゼットの中です。取ってもらえますか」

「あ、そーか。そーだったな」

三巳に言われてようやく瀬嶋は、自分が何のためにここへ同行したのかを思い出したようだった。

工具を取り出してもらい、三巳は瀬嶋の協力を得て手錠を破壊した。瀬嶋は不器用なのか、何度か工具のカッターで三巳の手を突き刺しそうになり、三巳の肝《きも》を冷やさせた。工具から響く音に驚いて、仔猫がテーブルの下に逃げこむ。

やっと自由になった両手を、三巳はぶらぶらと揺らし、関節をほぐした。

テーブルの下から仔猫を引っ張り出した瀬嶋が、仔猫を抱いてじっとそれを見ている。

「通報しなくて、ほんとにいいのか？　あれ相当やべー奴に見えたけど」

「………」

その質問に、三巳は答えない。すると瀬嶋も、それ以上は聞かなかった。言いたくないなら聞かない、というつもりなのだろう。代わりに、三巳のほうがずっと気になっていたことを口にした。

「その、耳、と、尻尾」

「ん？」

三巳の口から戸惑いがちに発せられた質問に、瀬嶋は小首を傾《かし》げた。三十五歳のくせに、小首を傾げて可愛く見えるとは何事かと三巳は狼狽《うろた》えた。猫耳と尻尾の醸し出す、可愛いオーラの威力が怖ろしかった。

「ちょっと、触らせてもらっても、いいですか」

「ん、いいぞ」

瀬嶋は気楽に応じ、自ら頭を差し出した。恐る恐る、三巳はまず耳に触れる。もちろん、人間の耳《じ》朶《だ》ではなく、ピンと立ち上がっている虎縞の耳に。

（これ、耳が四つあることにならないか？）

人間の耳と、猫の耳と、合わせて四つ。どうにも不可解である。不可解ではあるが、その触り心地は、堪《たま》らないものがあった。

（ふ、ふわふわだ……）

予想以上にふわふわだ。ひんやりと冷たく薄い表皮の上に、みっしりと細かい毛が生えている。長毛種ではなく、和猫の手触りだった。執拗《しつよう》に弄《いじ》り回すと、瀬嶋が肩を竦《すく》める。

「ちょ、くすぐったいって」

「じゃあ、次は尻尾を」

触らせてください、と伸ばされた三巳の手から、瀬嶋はさっと逃れた。

「尻尾はダメ」

「どうしてです」

「ダメったらダメ」

頑《かたく》なにそう言って、瀬嶋は隠すようにくるんと尻尾を巻いた。長く、真っ直ぐに伸びた美しい尻尾だ。いくら払えば触らせてくれますかという言葉が、喉まで出かかったが三巳は呑みこんだ。以前野良猫を餌《え》づけしようとし、拒否された時に負ったトラウマが三巳の心に蘇る。人の心は金で買えたが、猫の心は金では買えなかった。

（というかあの猫は、商店街のあちこちでエサをもらっていて、腹をすかせていなかったんだろうが……）

別に自分が嫌われたわけではない、たまたまあの時あの猫は満腹だったのだと自分を慰めて、三巳は瀬嶋の猫耳のほうをもう一度触らせてもらった。

瀬嶋の上背は、三巳より十センチ以上低い。もっとも三巳が百八十九センチと、高すぎるせいもある。瀬嶋の体格のほうが標準値ではあった。お陰で頭頂部近くにある耳が触りやすい。

当然あるべき疑問を、三巳もやっと口にした。

「どうして、耳と尻尾が生えているんですか？」

触ってみて三巳は確信した。耳にも尻尾にも、血管が通っており、触覚も正常に働いている。造作物でないことは確かだ。人間に、猫の耳と尻尾が生える。常識で考えればあり得ないことのはずだった。

しかしそんな重大な質問に、瀬嶋はさらりと流すように答えた。

「ん、病気」

「……そうですか」

瀬嶋の口振りが、「そのイボどうしたんですか」「魚《うお》の目」と答えるのと同じくらい軽かったから、思わず三巳も納得しかけたが、三巳が聞きたいのはもっと深いところにある原因だ。

「あの」

「何」

「もう少し、詳しく聞きたいんですが」

「うん、いいぞ」

巨大グループのＣＥＯである自分が敬語を使い、たかだか関連子会社の社長風情《ふぜい》がタメ口をきくという状況を、三巳は自然と受け容れつつあった。理由は単純明快、猫には逆らえないからだ。

「病気というのは、いつ発症したんです？　まさか、入社当時からではないと思いますが」

入社どころか、社の健康診断だって一ヵ月と少し前に実施されたばかりだ。まさか帽子を被り、ズボンに尻尾を隠したままで健康診断に含まれるレントゲン検査を受けられるとは三巳には思えない。

三已の質問に、瀬嶋は尻尾と耳をぴくぴくさせながらソファに腰掛ける。

「詳しく話すと長くなるぞ」

「いいですよ。あ、その前にちょっと待ってください」

三已はキッチンへ向かい、水とキャットフードを用意して戻ってきた。それを見た途端、瀬嶋の膝でしょんぼりと丸まっていた仔猫の耳と尻尾が、瀬嶋と同じようにピンと立ち上がる。

仔猫が必死でキャットフードを食べている間に、三已は八畳ほどもあるウォークインクローゼットから、プラスチック製のドーム型猫トイレと砂を取り出し、手際よくセットした。一連の行動を見て、瀬嶋が言った。

「猫、飼ってるのか？」

「いえ、飼ってません」

「じゃあどうして、キャットフードも猫トイレも砂もあるんだ？　しかもそれちゃんと仔猫用のフードだよな、うちの会社で作ってるやつ」

「そ、れは……」

三已は視線を泳がせた。

「グ、グループ内の商品は、すべてチェックを……」

「総合物産でそれやるの、不可能じゃないか？　うちの系列、戦闘機まで作ってるじゃん、三已重工で、自衛隊に卸してるやつ」

「乗りましたよ、戦闘機」

「まじでか!?　今度俺も乗せてくれ！」

「ダメです」

「ケチ！」

瀬嶋の尻尾が、パンッと強くソファを叩いた。抗議の意を示しているのだろう。その仕草の一つ一つに心を鷲摑《わしづか》みにされるようで、三巳は呼吸が苦しかった。

それはさておき、と三巳は思い出す。

（そういえば、この人は……）

瀬嶋は、ちょうど今日の昼間に三巳自身が会議で整理することを決めた『ミツワン』の総括責任者だ。日本随一の優良企業であることを自負している三巳総合物産内、唯一の赤字部門である。

ミツワンを潰すのは、三巳の本意ではない。しかし、三年連続赤字が出ている以上、役員たちに『残す意味』を納得させるのは難しい。

（製造コストを、かけすぎているんだ）

ミツワンのペットフードが非常に高品質であることは、三巳もよく知っている。安いペットフードに使われているのは、人間の食用には適さない肉や魚だ。ミツワンはそれらを一切使わず、人間の食用を安全基準に用いている。療法食も充実していた。それでいて販売価格は抑えているのだから、利益を出すのは困難に決まっているのだ。あまりにも高品質だから、三巳はこっそりと、ミツワンのノウハウだけは残そうと目論《もくろ》んでいた。理由は単純明快、猫に食べさせたいからである。

じっと考え事を始めてしまった三巳を、瀬嶋が自分のほうへ引き戻す。

「おい？　何ぼーっとしてるんだよ、俺、病気について説明しなくてていいのか？」

「あ、ああ、そうですね」

三巳は、自分も瀬嶋の隣に座った。来客用のソファではないから、対面に座ることはできない。自然とカップルシートみたいな状態になる。偶然にでも瀬嶋の尻尾が自分に触れないかと三巳は期待した。そういうのをラッキースケベと呼ぶのではなかったかと、少し間違った用語を思い浮かべた。が、そんな幸運は起こらなかった。瀬嶋の尻尾はきっちりと丸められたままだ。

瀬嶋は呑気《のんき》な口調で説明を始めた。

「俺さー、先月、アメリカに行ったじゃん？」

「行ったじゃん、と言われましても」

三巳はそんなことは知らない。全社員の行動記録に、三巳が目を通すわけではない。しかし瀬嶋は、当たり前のように話を続けた。

「三巳グループが買収したアメリカのプレシャスフーズからさ、富裕層向けの超高級ペットフードの開発するから、共同開発に加わってくれって言われたんだよ。それで、プレシャスフーズの研究施設を視察させてもらったんだけど、俺、方向音痴だからさー」

言いながら瀬嶋はぽりぽりと耳を掻いた。

「先月の十二日って、ニューヨークで大停電があっただろ。その研究施設ってニューヨークにあるんだ。それで、よりにもよって停電の時に研究所内で急病人が出たらしくて、職員が病人を運ぶ最短距離を取るために、あちこちの電子ロックを非常用バッテリーを使って解除してたんだ。俺、それ知らなくて。迷ってふらふらしてたら、親切な人が道を教えてくれたんだけど、それでも迷ってとんでもなく奥まで入りこんじゃったみたいで」

「そ、それで……」

三巳の喉が、ごくりと鳴る。瀬嶋は悲しげに目を伏せ、首を振った。

「真っ暗な部屋で、なんかのビーカーみたいのを倒したら、瓶が割れてさ。そこで転んで、破片で切ったところから瓶の中の液体が体の中に入っちまったみたいで。それで気づいたら、このザマだ」

ぴこっ、ぴこっと耳が前後に揺れた。丸まっていた尻尾が、だらりと垂れた。なるほど、アメリカってすごいんだなと三巳は呆然としていた。

当事者である瀬嶋は案外、落ちこんでもいない様子だ。

「空港のセキュリティチェック通る時が一番緊張したわー。隠すと逆に怪しまれると思って、堂々と耳と尻尾晒《さら》して『ジャパニーズコスプレ、イェ〜』って言ったら『HAHAHA、ハブァナイスデー』っつって通してくれたわー。日本の入国審査で同じことしたら黙られたけど」

「そう……ですか……」

この人はどれだけポジティブなのだろうかと、三巳は少しだけ羨ましくなった。自分だったら、突然猫の耳と尻尾が生えてきたら軽く死を意識する。いくら猫が好きでも、それとこれとは別だ。三巳は猫が好きなのであって、自分が猫になりたいわけではないからだ。

気を取り直して三巳は尋ねた。

「で、このあと、どうするんですか」

「ん、ああ、そうだな。なんであんた、俺がアパートに帰れないって知ってんの？」

「は？」

突然知りもしないことを知っていることにされて、三巳は面食らう。三巳が聞きたかった『このあと』とはもっと長期的なスパンでのことだったが、瀬嶋は『現在より数分か数時間後』という意味に受け取ったらしい。

「うちのアパート、ペット禁止なんだよ。一階に住んでる大家の婆《ばあ》ちゃんが酷い猫毛アレルギーだから、帰れなくて。くしゃみと鼻水、止まらなくなったら可哀想だしなあ」

「あ、ああ、そういうことですか」

三巳の頭に、普段の彼だったら絶対に考えつかないある提案が浮かんだ。

ダメだ。そんなことを言ったらきっとあとで自分が後悔する。

そう思うのに、三巳の口は止まらなかった。

「ここに、いたらどうですか」

えっ、と瀬嶋の目が見開かれる。その見開かれた目の琥珀色が、猫そのもので素晴らしいと三巳はまたうっとりした。

しどろもどろに三巳は続けた。

「か、関連会社の社長に、そんな格好でウロウロされたら、企業イメージにも拘わりますから。念のため、ここにいたほうが……」

どう考えても無理のある提案だった。言っている三巳自身、無理だろうとわかっていた。初対面の、それも三巳総合物産のCEOの自宅に、傘下の社長とはいえ今まで面識もなかった男を泊まらせる。

いつもの三巳なら、絶対に言い出さなかった無茶ぶりだ。

が、それを『無茶ぶり』とはまったく思わない男がいた。瀬嶋である。

「ほんとにいいのか!?」

瀬嶋の目がぱっと輝き、耳と尻尾がピンと立ち上がった。三巳は思わず、目を逸らす。可愛すぎて、直視できなくなった。座りながら膝が砕けそうになるのを、必死で堪《こら》えてもいた。座ったまま膝が砕けるって、むしろどうやるんだろうと三巳自身不思議だったが、このままだと本当に立てなくなりそうだった。違う、腰が砕けたんじゃない。もっと大切な、男子の本懐の部分が大きくなってしまって立てないのだ、とは、三巳は認めたくなかった。

瀬嶋のほうはといえば、目の前にそんな変質者がいることにはまるで気づいておらず、くるくると部屋の中を回り始めた。

「やったーッありがとー！　あんた、嫌な奴かと思ってたけどいい奴だったんだな！」

「いえ……別に……」

三巳は、下半身の暴れん坊将軍を諫《いさ》めるために、頭の中で素数を諳《そら》んじていた。

「ついでにミツワン潰すのやめてくれ！　今思い出した！　俺別にあんたを助けに来たんじゃなくて、ミツワン潰さないでって言うためにあとつけてたら偶然あんたを助ける羽目になって、まあつまりあんたは俺に恩義を感じてミツワン潰すのをやめ」

「それとこれとは話が別です」

瀬嶋の長広舌を、三巳は冷たく遮った。あなたに耳と尻尾が生えていなかったら、たとえあなたが道端で行き倒れていても僕は素通りしたと思います、とまでは三巳は言わずにおいた。

純粋に、耳と尻尾の生えた『生物』を野宿させるのは忍びなかったのである。もちろん、三巳が「ここにいればいい」と言った相手は瀬嶋一人ではない。部屋ですっかりくつろぎ始めている、茶虎模様の仔猫も含まれている。

こうして殺風景な三巳の部屋に、耳と尻尾の生えた同居人が二匹、増えた。

三巳は懸命に、自分に言い聞かせる。

(これは人間だ。猫ではない。これは人間の男だ)

さっきから指先が、うずうずと疼《うず》いた。目の前に、耳と尻尾の生えた生き物がいる。しかもすっかりくつろいで、一匹は茶虎の腹を丸出しにしている。もう辛抱堪らないと、三巳はまず、『本物』の猫の腹を撫でた。一宿一飯では終わらないであろう恩義を感じてか、虎縞猫は大人しく腹を揉《も》ませてくれた。

「ヒャッハー！　床暖房！」

三巳が猫を撫でている間に、瀬嶋はごろんごろんと床を転がり始めた。床暖房の何がそんなに珍しいのか三巳には理解できなかったが、楽しいのなら何よりだと思った。と、それはさておき。

「…………」

三巳の視線は、床を回転することでぶるんぶるんと振られている尻尾に釘付けになる。耳は触らせてもらえたが、尻尾はまだ触らせてもらえていない。さっき拒否された。

あくまでもさりげなさを装って、三巳はそっと、瀬嶋に近づいた。瀬嶋は床暖房に夢中で、その接近に気づいていない。

三巳はそのふかふかの尻尾を、軽く摑んで指先で撫でた。思っていた通り、天鵞絨《ビロード》のような素晴らしい手触りだ。が、しかし。

「にゃぅっ!?」

「えっ……!?」

尻尾に触れられた途端、まるで熱湯でも浴びせられたかのように、瀬嶋の体が高く跳ねた。それこそ天井に届きそうなくらい、高く。

尻尾の毛も耳の毛も、ざわっと総毛だっている。高く跳ねたその後、瀬嶋は脱兎の如き勢いでカーテンの裏へ逃げこんだ。

一体何が起こったのかわからずに、三巳は暫し、呆然とする。

「あ、の……?」

カーテンの隙間から顔を出し、瀬嶋がこちらを睨《にら》んでいる。目は潤み、顔は紅い。その様子に、三巳の心臓はどきりと高鳴った。

瀬嶋が、上擦った声で怒鳴った。

「せ、セクハラで訴えるぞ、この野郎!」

「え、は……?」

(セクハラ?)

どうして尻尾に触るとセクハラになるのか。三巳には瀬嶋の展開するロジックがさっぱり理解できなかったが、瀬嶋の反応は、確かに『セクハラ』された時そのものだ。羞恥に身を震わせ、眦《まなじり》に涙まで浮かべられては、三巳には返す言葉がない。

「えーと……失礼しました」

とりあえず謝ってみると、瀬嶋は尻尾を上下に振りながら出てきた。

「おうっ。わかればいいんだよ」

居候のくせに、なぜそんなに偉そうなのか。まずはそこを問い質《ただ》すべきだったが、三巳はそれを失念した。猫が、家の中で偉そうなのは当たり前だからだ。三巳はそのように『調教』されていた。

三巳は気を取り直し、『本物』の猫のほうへ再び近づいた。こちらの猫は、尻尾でも腹でも好きに触らせてくれる。目やにを拭いてやりながら茶虎猫を撫でていると、瀬嶋が言った。

「猫、好きなんだな」

その指摘に、三巳はあからさまに狼狽えて猫から手を離す。

「な、何を、馬鹿な……！」

「好きじゃないのか」

「いや、別に、好きじゃない、とは……」

必死で言い訳を考え始めた三巳とは対照的に、瀬嶋はすでにその質問の答えに興味をなくしていた。

頭の中身も猫と化しているのか、一つのことに興味を持ち続けられないらしい。その場にぺしゃっと胡座《あぐら》をかいて座り、瀬嶋は三巳にねだった。

「俺も腹減った〜。なんか食わせて。キャットフードもう飽きた〜」

「食べてたんですか、自社製品を」

「うん」

きりっとした顔で肯定されて、三巳は目頭が熱くなった。それはなんだか、仕事熱心だったというよりは、純粋に貧しかったのではないかと思われて、涙を禁じ得なかった。

三巳が電話で注文したケータリングのパスタを、瀬嶋は美味《おい》しそうに平らげて、そのまま勝手に歯みがきだけして、風呂にも入らずベッドルームに直行した。もちろん、そこにあるのは三巳のベッドである。

キングサイズのベッドに、瀬嶋は当然のように大の字で寝た。

「ちょっと、そこで寝るつもりですか」

「……んむ〜」

返事とも寝言ともつかぬ声が、瀬嶋の口から漏れる。このマンションの最上階はフロアごと買い占めているから、三巳が寝る場所に困ることはない。他の部屋にだってベッドはある。

（仕方がない。移動するか）

そう決めて踵を返した三巳を、瀬嶋が目を閉じたまま変な声で呼び止める。

「んむ」

「なんです」

「……む」

振り向くと、瀬嶋はぽんぽんとベッドを叩いていた。ここで寝ればいい、という意思表示らしい。

馬鹿な、と三巳は首を振った。初対面の人間と、同じベッドで寝るなど、三巳の常識ではあり得ない。

しかし。

（寝返りをうつ時に、偶然にでも尻尾に触れるんじゃないか？）

そういう下心が、三巳の心に湧き起こった。三巳はまだ、ラッキースケベの発生を諦めてはいなかった。

「仕方ないですね」

完全に棒読みでそう言って、三巳は瀬嶋の隣に横たわる。瀬嶋は四肢《しし》を丸め、少し隅のほうへ寄った。キングサイズのベッドだ。男二人がのびのびと寝られる。

瀬嶋が背を向けたため、三巳がさりげなく尻尾のほうに手を伸ばそうとすると、気配を察したのか瀬嶋はくるんと三巳のほうへ体を向けた。

「しっぽぉ～触ったら、引っ掻く……」

「…………」

小さく舌打ちして、三巳は手を引っこめる。そういえば三巳自身も風呂に入っていなかったが、それより眠気が勝っていた。風呂にも入らず着替えもせずベッドに潜るなど、今までは気持ち悪くてとてもできなかったのに、尻尾の誘惑がそれを凌駕《りょうが》した。

その夜は、三巳は温かくて柔らかい何かの夢を見た。久しぶりに見る夢だった。

3

翌日。冬空は高く澄んでいた。

三巳は自宅マンションから、瀬嶋とともに出社した。一緒に出社するのは流石《さすが》に躊躇われたが、瀬嶋が勝手にくっついてきた。もちろん瀬嶋は、猫耳を隠すためのニット帽は欠かさない。尻尾はくるりと丸めて、ズボンの中に仕舞いこんでいる。

「うぅ～、寒ィ」

瀬嶋は寒さが苦手なのか、或いは猫化のせいで寒さに弱くなっているのか。コートの襟を立て、肩を竦めている。

『猫が寒そうにしている』という状況が胸に痛すぎて、三巳はつい反射的に自分の首からカシミヤのマフラーを引き抜いて瀬嶋の首に巻こうとしたが、すんでのところで耐えた。おっさんだ。これは猫ではなく、おっさんなのだと、自分に強く言い聞かせる。

会社に向かう道すがら、どうしても気になって、三巳は小声で尋ねてみた。

「なぜ昨日の夜は、耳と尻尾を丸出しにしていたんですか」

「ぺしゃってなってるとなんか力が出ないから」

「そういうものなんですか」

「うん。あと夜のほうが力が出るっぽい」

「ああ、夜行性だからですか」

そういえば猫は基本的には夜行性だなと、三巳はしみじみと思い出す。猫が夜中に突然運動会を始めて、家主であるはずの人間が寝られないなんてこともよくある。

そんな三巳も、会社に着くまでの間、ミツワン再建について瀬嶋にしつこく食い下がられたのには閉口した。

「なーなーなーなー、ミツワン潰すなよ～。俺、もっと頑張るから！　ミツワンのペットフードは世界一の高品質だぞ！」

「役員会議で決まったことです。これ以上赤字部門は残せません」

「売り上げは悪くないんだよ！」

「でも、製造コストをかけすぎていて赤字でしょう。せめて販売価格を上げたらどうですか」

「そしたら買えなくなる人が出るだろ！」

「話になりません」

揉み合うようにして、二人は本社入り口に着いた。ＩＤカードをセキュリティボックスに通したところで、三巳は瀬嶋を引き離そうとした。

「ちょっと、会社ではベタベタしないでくださいよ。他の社員に示しがつかない」


ケモラブ。

「嫌だ！　ベタベタする！　ミツワン潰さないって確約取れるまでベタベタする！」

「あんた、それがいい大人のすることなん……うわっ!?」

瀬嶋に全力で飛びかかられて、三巳はＩＤカードを握ったまま、瀬嶋ともつれあって転んだ。瀬嶋がまったく悪びれずに謝る。

「おお、わりーわりー。あんた意外と虚弱だな、いい体してんのに」

「誰が虚弱ですか！」

自分の上にのし掛かる瀬嶋を、三巳は軽く投げ飛ばした。虚弱呼ばわりされれば、さすがに男として黙ってはいられない。そんな二人を遠巻きに見ていた警備員が駆けつけ、手を伸ばしていいものかどうか戸惑いがちに聞いてくる。

「あの……どうしましょう？」

「何もしなくていい。自分でつまみ出す」

言葉通り、三巳は瀬嶋の首根っこを摑まえて本社のエントランスからつまみ出し、言い聞かせた。

「いいですか、明日でミツワンは撤収です。さっさとミツワン本社に戻って、荷物と書類の整理をして来なさい」

「にゃううぅ」

「ねっ猫の鳴き真似なんかしても、ダメです！」

悲しげに鳴かれて、三巳の心は千々に乱れる。人間のおっさんと思えば無視できるが、猫には弱い。猫に鳴かれる、もとい、泣かれるのはつらい。

昨日拾ってしまったあの虎縞（名前はまだない）も、今頃はマンションで寝ているはずだ。一度拾ってしまったからにはもう、三巳には見捨てられなかった。猫を飼っていなかったはずの三巳の部屋に、ペット用の監視カメラ（三巳のスマートフォンに映像を自動送信）と自動給餌《きゅうじ》機があることを、瀬嶋はずいぶん訝しんでいた。ついでに三巳は、留守中に秘書を派遣し、獣医も呼びつけた。『病気の猫なんか飼えませんから』と、誰にも聞かれていない言い訳をして。

つまみ出されても、瀬嶋はまだ駄々をこねている。

「ほらっ、離れて。さっさと自分の会社へ行ってください」

「嫌だー！　ミツワンがなくなったら俺、生きられない！」

「課員のリストラまではしませんよ、ちゃんと別の部署に異動させます。我が社はリストラを断行しなければならないほど、業績が悪くありませんから」

「でもペット産業からは手を引くんだろ!?」

「だから、それは……」

「何をやっている」

揉み合う二人の後ろから、明らかに警備員のそれとは違う、威圧的な声がした。三巳はその声に、はっと弾かれたように振り返る。瀬嶋と接している時はそれなりに柔らかかった表情が、一気に険しさを増す。

背後に、いつの間にか二人の男が立っていた。二人とも、高そうなスーツに身を包んでいる。一人は眼鏡をかけていて背が高く、目つきが暗い。その男の前に立つのは、三巳とよく似た茶色い髪の男だった。こちらは堂々と胸を反らしており、居丈高な雰囲気を放っている。

じっと彼らを見据える三巳に、瀬嶋が聞いた。

「誰だ？」

「……あんた、関連会社の社長のくせに系列銀行の頭取の顔も知らないんですか」

思わず冷たく三巳が告げると、瀬嶋がニット帽の上から頭を掻いた。

「あー、頭取かあ。つまり、三巳銀行の。つーことは、後ろに立ってるのは秘書かＳＰかなんか？」

「秘書の木藤勇治《きとうゆうじ》です」

暗い目をした眼鏡の男は、瀬嶋に向かって一歩踏みだし、名刺を差し出した。

「あ、どもども」と気の抜けた返事をして、瀬嶋がそれを受け取る。

三巳は内心穏やかではなかった。瀬嶋はまったく空気を読んでいない。

「えーとなんだっけ、三巳の系列だけど、今の頭取は三巳の人じゃないんだよな。藤井元村《ふじいもとむら》だっけ、名前、なんか上も下も苗字《みょうじ》みたいな」

瀬嶋の指摘に、前面に立つ居丈高な男の――藤井元村の眉が、ぴくりと吊り上がる。遠巻きに見守っていた社員たちの顔色も変わる。明らかに、「おまえ、なんてことを……」という恐怖と驚愕の表情だった。

藤井元村は、瀬嶋を無視し、三巳にだけ告げた。

「会社ごっこは楽しそうだな」

「なんのご用です？　アポも入れずに、突然いらっしゃるとは驚きですね」

能面のような無表情で、三巳が答える。藤井は取り巻きを引きつれて、つかつかと社内エントランスへと進んだ。

「話がある。おまえの部屋に通してもらおう」

「仕方ありませんね。手短にお願いしますよ、五分以内で。本来だったらアポなしの面会なんて受け付けてませんから」

肩を怒らせ、三巳もエレベーターへと向かう。当然のような顔をして瀬嶋がついてきたが、三巳は鋭く振り返り、突き飛ばした。

「あんたは外！」

「そんな、鬼は外みたいに言わなくたっていいじゃんかよぉ」

瀬嶋はしょぼしょぼと肩を落として去っていった。ニット帽の中で、耳がぺたんと後ろに倒れていることを想像すると三巳の胸は掻きむしられるようだったが、今はそれどころではないのだ。

「おまえもここで待て」

「はい」

藤井の命令に、秘書の木藤が目礼して立ち止まる。そちらの飼い犬は相変わらず従順だなと、三巳は内心、唾棄した。


社長室にて、三巳は人払いをし、藤井元村と二人きりで向かい合った。第二秘書が茶を出そうとしたが、それも追い返す。藤井は、来客用のソファにふんぞり返って座った。三巳はどこにも腰掛けず、傍らに立ったままだ。座ってしまって、話が長引いたらと思えばとても座る気にはなれない。

先に口を開いたのは、藤井だった。

「いつまでCEOの座に居座るつもりだ？」

「業績は好調です。何か不満でも？」

嘘偽りのない真実を、三巳は口の端を歪めて告げる。

「まさか、妾腹《しょうふく》のあなたがこの伝統ある三巳グループを背負いたいとでも？　刺客を放ってまでして、

「そんなことが成し得るとでもお思いですか」

刺客、と三巳が言ったのは、もちろん昨日の暴漢のことだ。犯人がこの藤井元村であることは、三巳は確信済みだった。

藤井元村は、三巳七生の腹違いの兄である。三巳七生が正妻の子であり、藤井元村は先代会長、つまりは三巳の父の愛人の子だ。認知はされたものの、三巳姓を名乗ることは許されず、芸者であった母方の苗字を名乗っている。幼い時から三巳にとって、この藤井は不倶戴天《ふぐたいてん》の敵だ。藤井のほうもそう思っているだろう。確執は幼い時代だけでは終わらず、現在も続いている。系列グループ内での覇権争いという形でだ。

藤井のほうも、負けじと皮肉を返した。

「兄に向かって、いい態度だな」

「あなたを兄と思ったことはありません」

三巳の言葉に藤井はふんと鼻で笑って、ソファから立ち上がる。

「まあいい。今日はそんな話をしに来たんじゃない」

「手短にどうぞ」

どうせろくな話ではあるまいと、三巳は身構える。今度は一体どんな嫌がらせをしてくるのか、と。

藤井はおもむろに言った。口元に、勝ち誇ったような笑みを浮かべて。

「お前は猫が、何よりも好きだっただろう」

ぴく、と三巳の拳が震える。やはり、昨夜の卑劣漢は貴様の差し金かと喉まで出かかったが、言わない。先に言ったほうが負けだと思った。

が、次に藤井が口にしたことは、三巳にとっては青天の霹靂《へきれき》に等しかった。

「せいぜいあの中年の猫を、可愛がってやればいい」

「中年……？」

一体何のことを言っているのかと、三巳は心底から訝しんだ。中年の知り合いは、いなくはないというか仕事相手は皆、中年だが、猫ではない。人間だ。その中年を可愛がらなければいけない理由はないし、可愛がりたくもない。体育会系的なシゴキという意味で可愛がりたいと思うことはあったが、多分、藤井が今言っているのはそういう『可愛がり』ではないだろう。

少し考えて、三巳はやっと思い至る。

（中年……猫耳……尻尾……）

これらの言葉が、三巳の頭の中で符合した。猫になってしまった中年なら、さっきまで三巳と一緒にいた。まさか、そんなバカなと思いつつ、三巳は冷や汗が止まらなくなる。

瀬嶋は、アメリカの研究施設で『猫耳』と『尻尾』が生えてくる病（？）に罹患《りかん》したと言っていた。

そこに、何らかの作為があったとしたら。

「まさか、貴様が……！」

「言いがかりはよして欲しいね。世界中に『中年の猫』が何匹いると思ってるんだ？　おっと、そろそろ時間だ」

尤もらしく呟いて、藤井元村は立ち上がる。

疑念の種を撒《ま》くだけ撒いて、藤井は部屋から出て行った。残された三巳は、暫し呆然と立ち尽くした。


その日、三巳は社会人になってから初めて、大量の凡ミスをやらかした。秘書に指示する日程を間違え、セキュリティシステムのパスワード入力を三回ミスしてセキュリティを一時停止させ、最後の締めには何もないところで転んだ。付き従っている女性秘書は、最初は戸惑い、ほんの少しだけ奇異なものを見るような目で三巳を見て、最後は堪えきれずに笑った。

（なんたる失態か……）

自分には、猫が絡むと理性を失う性癖があることは自覚していたが、三巳はそれを、心の底から矯正したいと思った。

落ちこみながらも仕事を終えて、三巳は帰路についた。さすがに今日は警戒して、運転手に車を出させた。地下駐車場から直接通じるエレベーターなら、待ち伏せされる心配もない。警備員も控えさせている。

夜になっても、三巳の頭の中からは今朝藤井に言われた言葉が消えない。

（瀬嶋、耀司……）

もしも彼の身に起きた異変が、あの性格の悪い異母兄の差し金によるものであったとしたら、自分は一体、どうするべきか。三巳の頭にこびりついて離れないのは、詰まるところそれだった。

ぼんやりしたままエレベーターに乗り、三巳は自宅前へと辿り着いた。

昼間、三回間違えたせいで変更されたセキュリティロックのパスワードを入力して解除し、無駄に広い玄関の中へ体を滑り込ませる。人感センサーが三巳の存在を感知して、部屋の灯りをつけた。

「ただいま」

もう何年も口にしていなかった言葉を、三巳はぽつりと発していた。無機質な部屋の中に、確かな生き物の気配があった。

「にゃあ」

虎縞模様の毛玉が、遠慮がちに廊下を進み、三巳のほうへやってくる。仔猫を驚かせないように、三巳はそっと手を差し伸べ、抱き上げた。

「よしよし。ちゃんと食事したか？」

三已の質問に、子猫はゴロゴロと喉を鳴らして答えた。留守中に頼んでおいた獣医と秘書の手によって、子猫は治療を受け、満腹にさせられている。

（自分で世話してやれなくて、ごめんな）

ついでに言うと、留守を任せられるような家族も親しい友達も恋人もいなくてごめん、と、三已は猫に謝罪した。誰かを家に置いておければ、猫も寂しくないだろうにと思ったのだ。

（あの人はまだ帰っていないのか）

誰か、と思い至った時、三已は真っ先に瀬嶋の顔を思い浮かべた。もうすぐなくなる関連会社で、一体何をモタモタ残業などしているのか。まさか飲みに行ったりしているのではあるまいか。さっさと帰ってこいと、三已は一人、毒づいた。

少し迷って、三已は抱いていた子猫を床に下ろす。子猫は、寒いのか人恋しいのか、悲しそうにまた「にゃあ」と鳴いた。

「駄目なんだ」

三已は目を逸らし、俯《うつむ》いた。

本当はずっと抱いていたいけれど。

それは、駄目なんだ、と。仔猫ではなく自分に、言い聞かせる。

着替えるためにリビングを通り、奥の部屋へ行く途中、三巳は床に排泄物《はいせつぶつ》を見つけた。猫用のトイレは各部屋に用意してあったが、どうやら猫はそれがトイレだと認識できなかったらしい。

三巳は我知らず微笑んだ。

「はは……仕方ないな」

クローゼットの中からティッシュと消毒液、消臭スプレーを取り出し、三巳は手早く、猫の排泄物を片づける。猫の世話をするのは、久しぶりだった。トイレ掃除すら、猫のためと思えば三巳にとっては至上の喜びだった。けれども今の三巳は、そんな小さな（しかし彼の主観世界では大きな）幸福さえ失っていた。

どうしても猫の排泄物を片づけたいのなら、道端に落ちているのを探し出してでも片づければいいのだろうが、さすがにそこまでやったら不審者扱いされるだろうというくらいの自覚は三巳にもある。町内清掃に協力しているのだという言い訳も考えたが、三巳は明らかに、そういうことに参加する人物だとは誰からも認識されていなかった。そもそもここは高層マンションで、ご近所づきあいというものも存在しないし、清掃は然るべき職員の仕事だ。三巳がそれに手を出せば、どのみち奇異の目で見られるだろう。

違う、そうじゃない、僕が触れ合いたいのは猫の排泄物ではなく、猫本体だ。迷走しすぎる自分の妄想を、三巳はそう戒める。

掃除が終わると、三巳はいよいよ帰らぬ瀬嶋のことが気になり始めた。部屋の鍵まで渡したのに、三巳は瀬嶋の、携帯電話の番号を聞くことをすっかり失念していた。三巳には他人の電話番号やメールアドレスを聞くという習慣がなかったのである。

（いくらなんでも連絡もなく、遅すぎるだろう）

三巳は瀬嶋が出社しているはずの、ミツワン本部に電話をかけたが、案の定本日の業務は終了しており、留守番電話につながった。すると、瀬嶋はすでに退社していて、どこかで遊んでいるということだろうか。しかし。

（嫌な予感がする）

今朝、藤井元村に言われたことが気になって、三巳はいても立ってもいられなくなった。もしや瀬嶋は、藤井元村の手の者によって拉致されたのではないか。そう懸念したのだ。

一度は着替えたスーツにもう一度袖を通し、三巳はマンションから駆け出した。車のほうが広範囲を探せるが、どこかに探すあてがあるわけでもない。ならば自分が外に出て囮《おとり》となり、接触を待つほうが早いだろうと三巳は考えた。

マンション内のエレベーターから直接通じる地下駐車場からではなく、中央エントランスから飛び出し、広い中庭を走り抜けてマンション敷地内と外界を結ぶゲートに辿り着いた三巳が見たのは、高い塀に凭《もた》れて眠りこむ瀬嶋櫂司の姿だった。

「な……」

思わず三巳は絶句した。

あまりにも瀬嶋のことばかり考えて歩いていたから、三巳は自分が幻覚を見ているんじゃないかと一瞬、目を疑う。が、幻覚と思うには濃すぎる存在感を、瀬嶋櫂司の実体は遺憾なく発していた。

「ちょ……瀬嶋、さん……」

天下の往来ですやすやと眠る中年男子の肩を、三巳は恐る恐る、揺さぶった。ニット帽からはみ出している髪にも触れてみると、芯まで冷えきっているのがわかった。

瀬嶋の口から、「んにゃぁぁ……」という緊張感のない声が漏れる。少しして瀬嶋は重い瞼《まぶた》を開き、その眸に三巳の姿を映した。

彼の目に映る自分の姿を見て、安心したのは三巳のほうだった。

なぜだか三巳は、瀬嶋が元気で生きていて、その目に自分を映し出してくれたことにひどく安らいだ。

「あっ、やっと帰ってきたー！」

意識を取り戻して開口一番、瀬嶋はそう叫んだ。さも待ちくたびれた、というように。

一体いつからここで待っていたのか、三巳は理由を問いただした。

「どうしてこんな所で寝ているんですか。こんなに冷えきって」

ズボンの中の尻尾も、きっと冷えきっているに違いないことを想像すると、三巳の胸は激しく痛んだ。猫の耳や尻尾が冷えきるだなんて可哀想なこと、三巳にはとても受け入れられない。

瀬嶋はマンションの入り口を指さし、拗《す》ねたような口調で言った。

「パスワード入れても開かねーんだよ〜これ！」

「あ……」

昼間、自分が犯した失敗を、三巳はすっかり忘れていた。会社内の端末からプライベートな領域のセキュリティシステムを操作した時、パスワード入力を三回間違えて、パスワードを変更することを余儀なくされたのだ。それを瀬嶋に伝えていなかったから、瀬嶋はこうして閉め出されていたのだろう。

「す、すみません……」

十数年ぶりに、三巳は素直に他人に謝った。瀬嶋はニット帽の下で耳をぴこぴこさせながら、大きく伸びをした。

「んにゃ、いいけどさー。外で寝るの慣れてるし。今寒いからやだけど」

「な、何をしてるんですか！　それじゃあ……！」

それじゃあ野良猫になってしまうじゃないですか、と言いかけて、三巳は口を閉ざす。

（人間だ。この人は人間だ……！）

野良猫かわいそう、という視点で見てはいけないのだと、いくら自戒しても三巳はどうしても、瀬嶋をそういう目で見てしまうのだった。

伸びをするついでに瀬嶋がぽつりと呟いた。

「腹減った～」

「すぐ食事にしましょう！」

猫が寒さに震え、お腹をすかせている。そういう現実に、三巳は耐えられなかった。瀬嶋の空腹宣言は、いともたやすく三巳を破戒へと導いた。

「えっ……お、おい!?」

いきなり横抱きにされ、持ち上げられたことに、瀬嶋は面食らっていたが三巳は構わない。とにかくこの冷えきった体を、一刻も早く暖かい場所へ運びたかった。

「うおおおおいちょっとおおおなんで俺抱かれてんのなんで俺運ばれてんの!? あっでもラク！自分で歩かないってすげーラクー！」

瀬嶋は羞恥よりも、他人に運んでもらえるラクさ加減に一瞬で慣れた。この人は猫になるべくしてなったのではないかと、三巳はなんとなく思った。違和感も悲愴《ひそう》感もなく、瀬嶋はびっくりするほど現状に馴染んでいた。

◆◇◆

新居に足を踏み入れる新郎新婦のように、抱き合ったまま部屋に入ってきた二人を出迎えたのは、昨日拾われた名も無き仔猫だった。でかい図体の男が絡み合うように進入してきたことに、猫は少し引いているのか、瞳孔を丸くしてそろりと後ずさる。

「お、待っててくれたのか。ただいま～」

三巳の腕からぴょんと飛び降りて、瀬嶋が子猫を抱き上げた。遠慮なく頬擦りするその姿に、三巳は少しだけ、嫉妬する。

本当は自分も仔猫を抱きたいのに、それが叶わないせいだ。が、そんなことはおくびにも出さず、三巳は先にリビングへ向かった。

冷蔵庫に何もないことは、最初からわかっている。このタワーマンションには入居者専用のレストランとバーがあるから、そこから料理を届けさせるのが、三巳のいつもの夕食だった。

メニューを取り出している間に、瀬嶋が猫を抱いて移動してくる。子猫はすっかり瀬嶋に懐いたようだった。

子猫の喉を擽《くすぐ》りながら、瀬嶋が言った。

「こいつに名前、つけないとなあ」

「つけませんよ、名前なんか」

メニューを見ているふりをして、三巳が即答する。すかさず瀬嶋が聞き返す。

「なんで」

「すぐによそへやりますから」

「えー！　なんでー!?」

瀬嶋の大声に驚いて、仔猫は瀬嶋の胸をよじ登り、肩を踏み台にして床へ飛び降りた。構わずに瀬嶋は続けた。

「飼おうぜーここで！　ここ、ペット飼えるんだろ？」

「一人暮らしでペットなんか飼えません」

「あんた金持ちじゃん。ペットシッターとか雇えるだろ」

「そういう問題じゃありません」

とりつく島もなく三巳が拒絶すると、瀬嶋は唇を尖《とが》らせ、三巳にとって一番言われたくない真実に再び触れた。

「つか、あんたやっぱり猫好きじゃん」

「す、好きじゃ、ありません！」

目を逸らし、肩を怒らせ、三巳は怒鳴った。その剣幕に、瀬嶋がびくっと体を震わせる。ニット帽の下の猫耳が、ぺたりと後ろに倒れる。

「な、なんだよ……そんなに、怒んなよ」

「………」

三巳は押し黙ったまま、返事をしなかった。本格的な謝罪のつもりなのか、瀬嶋はニット帽を脱いで、猫耳を後ろに倒したまましょんぼりとこうべを垂れる。

「なんか、ごめん」

「……いえ。別に気にしてません」

「ん～でも俺よく空気読めねえって言われるからさ～。まじでごめん」

猫耳を見せられて謝罪されれば、三巳には『許す』以外の選択肢がない。パソコンを壊されてもクローゼットの中で放尿されても一生残るような疵《きず》を体に刻まれても、猫が相手ならば怒れないのが三巳だ。失言くらい、猫が相手ならぬるいものだった。

（猫は失言しないけどな……というか喋《しゃべ》れない）

三巳の中で瀬嶋はもはや、人語を発する猫というくくりに分類されつつあった。

「何を食べますか。というか、あなた居候なんですから料理くらいしたらどうです」

きっと瀬嶋との同居は、長丁場になるだろう。そう思ったから三巳は試しに提言してみたのだが、瀬嶋は堂々と胸を張って宣言した。

「俺は！　料理しない系女子だから!!」

「えっ!?　じょ、女子なんですか!?」

メス猫か。実はメス猫なのかと三巳が俄然《がぜん》いきり立つと、瀬嶋は大きく首を振った。

「言葉のあや！　とにかく料理はしねえから！」

「僕だってしませんよ」

やればできるが、やりたくない。三巳にはそういう事柄が多かった。瀬嶋は三巳のその発言を、『今夜は食事抜き』という意味だと曲解、もとい、超訳したのだろう。虎縞の耳が、また後ろへぺったりと倒れた。

「缶詰でも、カリカリでも、賞味期限切れてるやつでも、俺は……」

「わかりました、全部ケータリングにしましょう」

違う、そういう意味で言ったんじゃないから、頼むから耳を後ろに倒さないでくれ、悲しくなる、と三巳は心で叫ぶ。三巳の内心も知らず、瀬嶋はぴくりと耳を立てた。

「ケータリングって何？」

「昨日もそれで食事したでしょ。食事の宅配サービスのことです」

「それ出前って言わねえ？」

「うるさいな。何食べるか早く決めてください」

「肉。牛肉ならマスト。豚肉ならベスト。鶏肉ならベター」

そこは猫らしく『魚』と言って欲しかったが、贅沢は言わずにおこう、彼はそういう妄想につきあう係の人ではないのだと心の中で自分に言い聞かせ、三巳はメニューを差し出した。

「マストってことはつまり牛肉必須ってことでしょう。フィレですか、ロースですか。それとも赤ワイン煮……」

「えっステーキおごってくれんの⁉　うわあああうわあああ‼」

「誰もおごるとは……」

「うああああああ！　うあああああああ‼」

「……黙って選んでください」

食費くらいは入れてください、我が社の基本給は業界最高のはずです、と言いかけて、三巳はやめた。瀬嶋の頭から猫耳が消え、瀬嶋の尻から尻尾が消えない限り、二人が『ＣＥＯと社員』という正しい関係に戻ることは不可能だった。

満腹になって、すぐに瀬嶋はソファで寝た。それは仕方ないのだ、猫なのだから、と三巳はすべてを受け容れて、その丸まった背中に毛布をかける。瀬嶋は、シャワーは朝浴びる習慣らしい。

熟睡していなかったのか、瀬嶋は途中でぱかりと目を開け、眠そうに三巳を見上げた。

「なんですか。水ですか」

部屋が乾燥しているから、喉が渇くのではないか。そう思って三巳は、加湿器とペット用の低カルシウムウォーターを硝子瓶に用意していた。人間用のミネラルウォーターはカルシウム分が多く、猫に与えると結石の原因になりかねないからだ。異常なまでの至れり尽くせりぶりを、三巳は惜しみなく発揮していた。

瀬嶋は、三巳が差し出した水を素直に飲んだあと、思い詰めたようにぽつりと口を開いた。

「あのさー、言いたくなかったら、言わなくていいからさ。やっぱり聞いてもいいか？」

「なんです」

いつになく瀬嶋が真剣だから、三巳も真面目に聞こうと、ソファに腰掛ける。瀬嶋は、三巳の膝に頭を乗せてきた。枕にするのに、ちょうどいい高さだからだ。猫なのだから仕方がないと、三巳は甘んじてそれを受け容れた。

「なんでそんなに猫が好……いや、嫌いなんだ？」

「………」

ここであえて『なんでそんなに猫が好きか』という真実には触れず、わざと『嫌い』と表現したのは、瀬嶋なりの精一杯の気遣いなのだろう。猫の浅知恵である。が、逆にそれがいじらしく思えて、三巳の強固な心の扉が少しだけ開いた。

「もう、お別れしたくないからです」

「猫と？」

「はい」

「お別れしちゃったのか」

「……はい」

「そっかー」

瀬嶋は何も言わず、三巳の膝に額を擦りつけた。その仕草に三巳は、無言の優しさを感じた。

尻尾は触らせてくれないが、耳は好き放題に触らせてくれるので、三巳は間断なく瀬嶋の猫耳を撫で続ける。途中、瀬嶋から「もちっと付け根のほう。指先でコリコリと、もちっと強めがいい」という指示が出たので、そうした。

人間相手には、うまく喋れないけれど。

三巳はこの猫耳と尻尾を生やした相手には、今まで誰にも言えなかったことが打ち明けられた。

「僕の猫は、ゆみえという名前でした」

「スナックで苦労してるママさんみたいな名前だな～、二階でヒモを養っていそうな」

「黙ってください。ゆみえの悪口は許しません」

「お、おう」

三巳に弄られている耳が、しおっと後ろに倒れる。三巳の『ゆみえ愛』に、瀬嶋はちょっと引いたようだった。

「僕からゆみえを奪ったのは、藤井元村です。ゆみえは、あいつに……」

それを告白した時、三巳の声は少し震えた。つられて、瀬嶋の声も悲しく沈む。

「それは、つらかったろ」

「………」

ずいぶんと昔に泣くことを忘れてしまった三巳の顔は、表情が凍りついて、巧く動かない。途切れた言葉を、瀬嶋が引き継いだ。

「あいつ、陰険そうな顔してたもんなあ」

「否定はしません。あなたを、こんな体にしたのも奴の仕業ですし」

「え、そうなの？」

「はい。今日、本人の口から聞きました」

瀬嶋がむくりと三巳の膝から上体を起こす。

「なんで銀行屋が、俺のこと猫にすんの？」

「まだわかりませんが、僕への嫌がらせであることだけは確かです」

「なんで俺が猫になるとあんたが嫌がんの？　むしろ喜んでんじゃん」

しれっとした顔で、瀬嶋はうっかりと真実に触れた。途端に三巳の顔色が変わる。

「よ、喜んでは、いません！」

ひた隠しにしている（つもりの）猫への愛を暴かれそうになり、三巳は平静さを失い、しつこく撫でていた瀬嶋の耳をぎゅっと摑んだ。瀬嶋の体が、三巳の膝で転がる。

「痛ぇッ!?」

「あっ」

床に落ちる前に慌てて両腕で支えはしたものの、瀬嶋の機嫌はすっかり損ねられてしまっていた。耳の毛を逆立て、フシャーと威嚇《いかく》されて三巳は後ろに仰け反る。

「なにすんだよ！」

「あ、ぅ、す」

すみません、の一言が、なかなか出てこない。猫に怒られた。猫に嫌われた。そう思うと、三巳の胸は張り裂けそうだった。

三巳の顔色を見て取って、瀬嶋のほうが先に折れる。

「あ、いい、いい、泣かなくて、俺も大袈裟《おおげさ》だった」

「泣いてません！」

そこだけは強硬に、三已は否定した。瀬嶋は年上の余裕からか、三已に頬擦りして頭を撫でてくれる。

「よーしよしよし、おいちゃんが悪かった悪かった」

「だから、泣いてません」

否定はするが、三已はその抱擁を拒絶しない。猫耳が時々頬に当たって、気持ちよかったからだ。

瀬嶋の腰に手を回すと、思いのほか、細かった。手足もすらりと長いし、本当に猫みたいだと三已はうっとりする。うっとりしつつ、さっきからずっと言おうとして言いそびれていたことを伝えた。

「なんとか貴方《あなた》を、元に戻す方法を見つけ出します」

本当は少し、惜しいけれど。まさか瀬嶋をこのまま、『猫人間』でいさせるわけにはいかないから、三已は力強く約束した。

「腹違いとはいえ、藤井元村は僕の兄です。身内の争いに巻きこんで、貴方には申し訳なく思ってます」

「……おう。ありがと」

照れているのか、瀬嶋は俯いて頬を掻く。毛に覆われているほうの耳ではなく、人間の形のまま保たれているほうの耳が、少し紅くなっている。

「あんた、優しいな」

瀬嶋に褒《ほ》められて三巳は、心の中でまた変なスイッチが入って慌てた。

「い、いつまでもここにいられたら、迷惑だからです！」

「そんなはっきり言わなくてもいいじゃんよぅ」

ぷくっとフグのように膨れて、瀬嶋は三巳から離れた。ベッドに移動するのだろう。

「布団、あるか？　なかったらそのソファ、移動させてくれ」

「え？　ええ、構いませんが」

瀬嶋の頼みに、三巳は少し驚きながらもソファの移動を手伝い、そのあと再びリビングへ戻った。

(今日は僕の寝室じゃなくて、他の部屋で寝るのか)

当然のように今日も一緒に寝るものだと思っていたから、三巳は少し、がっかりした。迷惑だなんて、心にもないことを言ったせいだろう。

(でも今は、他の猫が……)

瀬嶋が一緒に寝てくれなくても、虎縞の仔猫は一緒に寝てくれるかもしれない。そういう期待をこめて、三巳は絨毯《じゅうたん》の毛足に埋もれて寝ている仔猫に熱い視線を送ったが、猫は自分を構いすぎる暑苦しい人間が嫌いだということを彼はすっかり失念していた。案の定猫は、瀬嶋のあとを追っていった。

（あぁ……）

二匹の猫に去られることになり、三巳の眦に涙が浮かぶ。さりげなく三巳も二人（二匹）のあとを追った。

客間などという部屋は存在しないから、ソファを運びこんだのは書類や服が雑然と置かれている、物置にも等しい部屋だった。広さはあるし、窓から見える夜景も素晴らしいが、調度品が何もないから寒々しいことこの上ない。

正直、三巳はここに瀬嶋と仔猫を寝かせたくなかった。

（でも、どうやって寝室に誘うか……）

迷惑だと言ってしまった手前、良い建前が見つからず、結局三巳はあきらめて背を向けた。

殺風景な部屋から出て行く直前、瀬嶋が不意に、三巳を呼び止めた。

「あのさ」

「なんです？」

「えーと、俺……」

瀬嶋は、何かを言いたそうにもじもじと下を向いている。三巳は根気強く、瀬嶋の言葉を待った。

しかし。

「……いや、なんでもない。シャワー浴びて寝るわ。おやすみ」

突っ立っている三巳の横をすり抜けて、瀬嶋はバスルームへと向かった。昨日は朝、浴びていたが、今日は夜のうちに浴びるのか。なんだかはっきりしないその態度が、如何にも瀬嶋らしくなくて三巳は怪訝に思った。

（なんなんだ？　おなかがすいたのか？）

念のためキャットフードを用意しておくべきか。否、瀬嶋の味覚と消化器官はまだ人間に近いようだから、ここは無難におにぎりやサンドイッチでも届けさせておくか。

三巳のそういう懸念は、多分、完璧に、的を外していた。

夜半。三巳は眠れない夜を悶々《もんもん》と過ごしていた。隣の部屋で寝ている瀬嶋の存在が、気になって仕方がなかったのだ。

（ソファはあるけど、毛布は薄いのが一枚しかない）

瀬嶋が寝ている部屋は元々使っていない部屋だし、この家には余分な布団もない。空調はきいているから寒くはないだろうが、三巳はどうしても、猫にはふかふかの布団で寝て欲しかった。虎縞の仔猫も、瀬嶋に寄り添って寝ているはずだ。

なぜ今日の昼間に新しいベッドや布団を調達しておかなかったのかと考えると、三巳は眠ることもできなくなる。

（もう眠っているだろうか）

ベッドに横たわってすでに二時間。時計の針は午前二時半を指している。瀬嶋の寝付きがいいのは、昨日確認済みだ。すでに寝入っている可能性は高かった。

（せめて、掛け布団だけでも持っていこう）

今さらではあるけれど、三巳はそう思い立ち、自分のベッドで使っている羽毛布団を抱えて廊下に出た。跫音《あしおと》を忍ばせて廊下を進み、そっとドアノブに手をかける。

と、その時、扉の向こうから秘やかな息遣いと衣擦れの音がした。

「ン……ぅ」

（瀬嶋さん？）

三巳はドアノブに手をかけたまま、動きを止めた。

（呻《うめ》いている……？　いや、寝言か？）

この時間帯、部屋から呻き声と衣擦れの音が聞こえれば、寝言と寝返りを疑うのが正しい。しかし三巳はその気配に、確かにただならぬものを感じ取っていた。その気配は熱く、濡れた感じがした。

「瀬嶋さん」

小さな声で、三巳は部屋の中へ呼びかける。一度ノックし、薄くドアを開ける。

「瀬嶋さん。入りますよ」

一応断りを入れてから、三巳は部屋の中へ体を滑りこませた。高層階だから、カーテンは閉めずに過ごせる。部屋の灯りは消され、光源は窓から差しこむネオンの反射と月明かりだけになっていた。

さっき運びこんだソファの上に、瀬嶋が体を丸めて眠っていた。余分な布団がなかったから、瀬嶋の体を包んでいるのは、ベッドカバーだけだ。そのベッドカバーも、半分以上床にずり落ちている。

にゃあ、という鳴き声とともに、瀬嶋に寄り添って寝ていた仔猫が部屋を出て行った。三巳の横を通り過ぎる時、するりと頬擦りをしてドアの向こうへ猫は歩いていく。その感触にさえ気づかないほど、三巳は今、動揺していた。

（これは……一体……）

瀬嶋は、ズボンを脱いで下半身裸で寝ていた。上半身にはYシャツを纏《まと》っているが、ボタンは腹の辺りまで外され、はだけられている。パジャマも部屋着も貸してやらなかったから、きっと窮屈だったのだろう。

「う……ふ……ッ」

また呻いて、瀬嶋が寝返りをうつ。三巳の視線は、瀬嶋の肉体に釘付けになった。

瀬嶋の股間は、薄闇の中でもはっきりそれとわかるほど、隆起していた。すらりと長く美しい毛並みの尻尾が、逆毛を立てて、うねっている。瀬嶋の両眼は、苦悩するようにきつく閉じられている。ソファに腹這いになり、瀬嶋は尻を蠢《うごめ》かせていた。

「うぁ、うぅっ……！」

細い腰が動く。性器が、すり、とソファに擦りつけられる。それはしとどに濡れていた。あまりにも濡れ方が激しいから、三巳はてっきり、瀬嶋が射精したのだと思った。が、よく見ればそれは透明な先走りだった。

「…………」

三巳の喉が、ごくりと鳴る。見てはいけない、と理性は叫ぶのに、瀬嶋から目が離せない。無意識に三巳の足は、瀬嶋に向かって進んでいた。

「瀬嶋、さん」

瀬嶋の肩にそっと手を置くと、固く閉じられていた眸が、はっと開いた。潤んだ目で瀬嶋は三巳を見上げてきた。

「あ、お、おれ」

声は掠《かす》れ、熱っぽく湿っている。

「おかし、く」

「そう……ですね」

会話する間にも、三巳の目は瀬嶋のいやらしい部分に向けられていた。濡れた屹立と、ピンと立ち上がった尻尾と、高く掲げられた腰。これじゃあ、まるで。

(発情期の、猫だ……)

それも、雌猫だ。とびきり上等の毛並みの。

「まさか、本当に、発情期……？」

試しに三巳が聞いてみると、瀬嶋はこくこくと首を縦に振った。

「お、おれ」

息も絶え絶えに、瀬嶋が訴えた。本当に、つらそうに。

「猫に、なっちゃぅ、よぉ……っ」

その言葉で、三巳の中で何かが弾けた。気がつくと三巳は、瀬嶋をソファから抱き起こし、床に寝かせていた。上にのし掛かるには、ソファは狭すぎるからだ。

「え、あ……？」

わけがわからない、という目をして、瀬嶋がぼんやりと見上げてくる。その顔も可愛くて堪らなくて、三巳は乱暴に唇を重ねた。

「んぅぅっ……」

突然のキスに、瀬嶋の躰が一瞬強張る。拒まれるかと三巳は思ったが、すぐに瀬嶋は力を抜いた。

正確には、力が入らないのだろう。

唇を離すと、瀬嶋が涙目で抗議してきた。

「なに、す、んだ……よ……っ」

「だって、苦しそうだから」

平静を装ってはいるものの、三巳の息も荒い。捕まえた獲物を逃がさないように、三巳は瀬嶋の肉体を床に押さえこんだ。

(いい匂いが、する――――)

三巳は、瀬嶋の耳の辺りに鼻を押しつけた。くすぐったいのか、瀬嶋はぴくりと肩を竦める。自分と同じシャンプーの匂いに混じって、得も言われぬ芳香が、瀬嶋の肉体からは感じられた。

(なんだろう、これ……フェロモン……?)

胸一杯にその香りを吸いこむと、三巳のほうも酷く滾《たぎ》った。

「ん、んぅ……ッ」

匂いを嗅ぎながら股間をまさぐると、瀬嶋は恥ずかしそうに身を捩《よじ》る。ざらりとした陰毛の感触さえ、三巳の手のひらには心地良かった。後方へ手を入れ、陰嚢《いんのう》を掴むと、瀬嶋の肩が強張る。強く握ったりしないからと、言葉ではなくキスで三巳は伝える。

「ここ、すごく、張り詰めてる」

指先で、張り詰めた屹立《きつりつ》をなぞると、瀬嶋は「あ」と短く啼《な》いた。

「出したら、楽になりますから……」

「じ、じぶ、んで」

自分でする、という瀬嶋の反論も、キスで塞がれた。

「ン、ん……」

楽にしてやると言いつつ、すぐに終わらせてしまうのが惜しくて、三巳は緩慢な愛撫を始める。恋人にするようにキスをしながら、平らな胸をまさぐる。指先が乳首に触れると、微《かす》かな反応があったから、三巳はそこを弄りだす。

「い、ァッ……！」

突起をつまむと、瀬嶋の膝が跳ねた。脇腹をなぞり、時折ペニスをしごくと、待ちかねていたようにしがみついてくる。

(可愛い……)

男を抱くのなんて初めてだし、瀬嶋は少しも女性的ではない。むしろ男性的な肉体の持ち主であるのに、こんなにも惹《ひ》かれてしまうのはなぜなのか。三巳にはそれを不思議がる余裕もなかった。

ただ、可愛くて、夢中で抱いた。

触るだけでは飽きたらず、三巳は瀬嶋の肌に口をつける。最初は首筋から、徐々に下がって胸板へ。

指で弄られていた乳首は、すでに固かった。

「あぅッ……！」

コリッ……とそこに歯を立てると、下腹に密着している瀬嶋のものがびくりと震える。熱く濡れている亀頭から、また新しい蜜が溢《あふ》れた。

（ここを、弄ったら、すぐに……）

すぐに瀬嶋が達してしまったら『勿体《もったい》ない』から、三巳はそこからもすぐに口を離す。代わりに瀬嶋の腕や足、それに、うっすらと形のいい筋肉で覆われている下腹に舌を這《は》わせた。

「ふぁ、ぁ……」

全身を舐《な》め回されて、瀬嶋は気持ちよさそうに息を吐く。

（すごい）

躰中、どこも、全部感じるのかと三巳は妙に感動していた。指の狭間が特に感じるようだったから、一頻《ひとしき》りそこを舐めたあと、三巳は再び乳首へ吸いつく。三巳のほうも、我慢が効かなくなりつつあった。

「ん、にゅぅう……っ」

片方を指でつまんでしごき、もう片方は口に含んで舌先で嬲《なぶ》る。瀬嶋は、それでもまだ喘《あえ》ぎ声を堪えようとしているのか。食いしばった歯の隙間から、猫のような声が溢れて、ますます三巳を倒錯的な気分にさせてくれる。

乳首ばかりを執拗に責められて、瀬嶋はやがて、音《ね》を上げた。

「や……おれ、おれ、メス、じゃ、なぃ、の、に……ぃ……なん、で、おっぱ、ぃ……ッ……」

(可愛いからですよ)

口は愛撫するのに忙しくて塞がっているから、三巳は喋れない。一旦それを口から出して、両方の乳首をきゅぅっとつまみ上げると、吊り上げられるように瀬嶋の背筋が撓《しな》った。

「んぁ、うぅっ……」

「乳首、またコリコリしてきた……」

「い、ァ、やっ……！」

瀬嶋が激しく首を振る。三巳の口元に、自然と淫靡《いんび》な笑みが浮かぶ。

「ミルク、出るかな……」

「や、で、出なっ、出な、いぃっ！　ん、ぅっ、あン……ッ！」

乳搾りの要領で、小さな突起をしこしことしごくと、瀬嶋は手足をばたつかせ、然るのち、耐えきれなくなったように自分で陰茎を握った。三巳は慌ててその手を外させる。

「は、恥ずか、し、ぃから……ッ……見ん、な……ッ」

膝を開かされ、瀬嶋は今までで一番激しく抵抗した。が、構わず三巳はそこに顔を割りこませる。

瀬嶋の性器は、さっきよりも大きく、硬くなっているように見えた。そこに顔を近づけただけで、三巳もまた、欲情を増す。

（可愛い……）

もう何度も繰り返した台詞《せりふ》を、今一度三巳は心で繰り返す。瀬嶋のそれは浅黒く、それなりに大きな、成熟した男のものだ。可愛いなどという形容が似合うはずがないのに、三巳の目にはそういうふうにしか映らない。

さっきから自分を興奮させてやまない匂いは、ここから発せられているのだと三巳は知った。鼻孔を押しつけて深く息を吸うと、瀬嶋の口から抗議の声があがる。

「や、嗅ぐ、な……ッ」

構わず三巳は思い切りその香りを吸いこんでから、大胆なフェラチオを始めた。

「うぁぅっ！」

反り返った屹立を、一気に口に含まれて、瀬嶋は目を見開いた。今にも射精しそうなペニスが、三巳の口腔でびくびくと震える。

（美味しい……）

香りだけでなく、瀬嶋のそれは味まで最高だった。男のものをしゃぶるのは初めてだったが、三巳は夢中で吸っていた。

「ン、ぅ、くぅ、ン……ッ」

瀬嶋は、自らの腕に歯を立てて、必死で喘ぎ声を堪えているようだった。何も我慢なんかしなくていいのにと、三巳は愛撫を強くする。

「あ、そ、れ、やあっ……」

裏筋を指でこすりながら、先端の射精口に舌をねじこむ。陰嚢もたっぷりと唾液で濡らし、口腔で包みこみ、ぬるぬると舌の上で転がしてやる。

「ふあ、ぁぁ……」

瀬嶋は気持ちよさそうに、大きく息を吐いた。三巳の口の中で、瀬嶋のものは硬く大きく膨らみきって、びくびくと痙攣《けいれん》を繰り返している。これだけやれば、すぐにでも射精しておかしくないはずなのに、瀬嶋は何か、物足りない様子だ。

(やり方が、よくないのか……?)

瀬嶋の亀頭の先でちろちろと舌先を遊ばせながら、三巳は考えた。

(尻尾、触りたい……)

瀬嶋を愛撫しながら、三巳はさっきから、彼の尻の下にあるものが気になって仕方がなかった。長い尻尾は、今はくるりと丸められ、毛は逆立っている。昨日も一昨日も、そこに触ろうとしたら怒られた。


ケモラブ。

今は、どうだろう。瀬嶋は猛《たけ》り狂う性欲で、我をなくしている。

今なら、少しくらい触っても許されるんじゃないだろうか。

そんな誘惑に駆られて、三已の指は自然と瀬嶋の尻尾へと伸びた。

(ほんの、少しだけ……)

屹立を甘くしゃぶりながら、三已は瀬嶋の尻の下でくるりと丸まっている可愛い尻尾に触れた。指先に、天鵞絨より柔らかな純毛が触れる。が、三已にはそれをゆっくりと味わう余裕は与えられなかった。

尻尾の芯に触れた途端、瀬嶋の口から悲鳴にも似た嬌声が響いた。

「あ、ひぃぃッ！」

「え……っ」

びくんっ、と床の上で、瀬嶋の躰が仰け反った。と同時に、三已の口の中に熱くて濃いものが溢れ出す。

瀬嶋が、射精したのだ。

「あ、ぅ、んあぁぁうっ！」

瀬嶋は、止めたいのに止められない、という仕草で、三已の頭に手を置いて腰を捩った。それを受け止めてやる余裕もなく、三已はついうっかりと、尻尾を摑んでいる指に力を入れてしまった。

「にゃうぅぅっ！」

またしても瀬嶋の背中が反らされる。三巳の愛撫を待っていられないとでもいうように口から逃れたペニスが、びくびくと前後に震えながら精液を撒き散らしている。

（まさか）

三巳は暫し考えて、その『理由』に思い至った。

（尻尾が……？）

確かめるように三巳は、もう一度尻尾をこすってみる。すると瀬嶋は、三巳の予想通りの反応を示した。

「やぅっ、ン、アァッ……！」

潤んだ眸で困ったように見上げられ、三巳もまた、見つめ返す。間違いなかった。瀬嶋は、尻尾で感じているのだ。

「触った、だけで……？」

「ひっ……ひ、いぃっ……」

長い尻尾を指に巻き付け、指の腹でコリコリと芯をこすると、瀬嶋がまた喘ぐ。イキッぱなしのペニスが、まだ痙攣している。凄まじいエクスタシーを、瀬嶋は得ているようだった。

（だから、尻尾に触られるのを、あんなに嫌がったのか）

三巳は納得した。雑な性格の瀬嶋が、尻尾にだけは触らせなかったのは、そこが最大の性感帯だったからだ、と。

（凄いな……射精したのに、全然萎えない）

尻尾を弄びながら、三巳はじっと瀬嶋の陰茎を眺めた。瀬嶋のそこは、特別な『仕様』になってしまっているのか。一度確かに射精したのに、まるで萎えてはいない。濡れそぼちながらも硬度と大きさを失わないそれが、三巳の目にはひどく卑猥《ひわい》に映った。

「足りてない、ですよね……？」

「ん……っぅ……」

確かめるように亀頭にキスをすると、瀬嶋は困ったように首を振る。肯定とも否定とも取れる、曖昧な合図だった。

もう一度尻尾を摑んで、三巳は甘く囁いた。

「ここから、悪いミルク、全部搾り取ってあげますから……」

ここ、と三巳が唇を寄せたのは、未だ反り返っている瀬嶋のペニスだ。

瀬嶋の口からも、三巳の口からも同じように、はあはあと獣のような息が漏れる。熱く湿った息が亀頭に当たるだけで、瀬嶋は総身を震わせた。

「ンぁっ！」

口に含みながら尻尾に触れると、また激しい反応があった。ただ性器を愛撫した時よりも、格段にいい反応だ。

（やっぱり、尻尾を触らないと感じないんだな）

否、感じてはいるのだろうが、どうやら射精には至らないらしい。そうでなければ瀬嶋だって自分でどうにかしていただろう。

逃げる腰をしっかりと摑んで、三巳は幼子をあやすように言った。

「ここ、弄ったら、楽になれますから……ね……少しだけ、我慢して……」

「す、少し、じゃ、な、いぁっ、く、ふぅぅぅっ……！」

尻尾への愛撫と完全に連動して、ペニスがヒクつく。瀬嶋の抗議を無視して三巳は、尻尾と性器を同時に責め始めた。

「や、だ、めッ、りょうほ、ら、めぇぇっ……！」

もはや瀬嶋は、呂律《ろれつ》さえ回っていない。それでも恥部を隠そうとするのは、余程羞恥心が強いせいか。

（羞恥心とかなさそうなのに、意外だ……）

風呂上がりに平気で全裸で徘徊《はいかい》しそうに見えるのに、ベッドの上では案外、慎ましいのか。そのギャップも、三巳には淫猥に感じられた。

「ひ、にゅ、あぁっ！」

にゅぷ……にゅぷ……と瀬嶋のものを口の中で出し入れしながらしゅりしゅりと尻尾をこすると、猫とも人ともつかぬ鳴き声が、瀬嶋の口からまたあがる。感じすぎて口を閉ざせないのか、唇の端からは透明な涎《よだれ》が伝い落ちる。

瀬嶋が感じてくれていることが嬉しくて、三巳の舌はさらに大胆さを増した。

「ひァ、はっ……！」

三巳は口唇を、瀬嶋の性器から尻尾に移した。性器にしたのと同じ愛撫を、尻尾にも施したのだ。

尻尾は、瀬嶋自身の放った淫液でじっとりと濡れていた。口に含むと、猫毛の感触が舌や口腔に当たる。密集した毛を舌で掻き分けて尻尾の芯に触れた途端、瀬嶋は大きく背筋を撓《しな》らせ、屹立から白いものを噴き上げた。

「あ、ゥ、ん、あぁぁッ……！」

（やっぱり、尻尾のほうが感じるのか……）

三回絶頂の極みに達して、ようやく瀬嶋の欲望は萎える。三巳は恋人にするように、最後にキスを求めた。

顔を傾けて近づけると、瀬嶋は一瞬躊躇ったものの、大人しくキスをさせてくれた。

「ン、にゅ……にゃぅ……んぅ……」

軽く唇を押し当ててから、大胆に舌をねじこむと、瀬嶋はそれにも応じた。いまだ絶頂の余韻に震えながら、うっとりと気持ちよさそうに、舌を絡めてくる。瀬嶋の舌は猫らしく、少しざらざらしていた。

「え、ぁ」

キスしながら三巳は、瀬嶋の下肢に自分の雄を押しつけた。

ごり、と硬いもので萎えたペニスを突き上げられて、瀬嶋はあからさまな戸惑いをその顔に浮かべる。が、三巳のほうも、そろそろ限界だった。よくここまで我慢したと、自分でも思うくらいに。

「僕の、も……」

「う……」

乱れた息に交えて三巳がねだると、瀬嶋はそっと三巳の陰茎に指を這わせた。が、三巳が求めていたのは、それではない。

「そうじゃ、なくて」

「え……？　あ……？」

瀬嶋の膝を抱え、足を開かせ、三巳は瀬嶋の陰部に自身の切っ先を押し当てる。

萎えた茎や、ふにゃりと柔らかい陰嚢に何度かこすりつけた後、三巳は自身のそれに瀬嶋の尻尾を巻きつけた。

「そ、それ、ゃ、だ……ッ」

ひくっ、と瀬嶋の喉が震える。本気で嫌がっているふうではなさそうだったから、三巳はそのまま、自身を尻尾でこすり上げる。瀬嶋は、尻尾を握られると躰に力が入らなくなるのだろう。三巳の肩に手を置いて、ぶるぶると震えている。

「は、ふ……」

三回達して、満足しきっているはずの雄蘂《ゆうずい》が、三巳の興奮につられたようにひくりと蠢く。半勃ちになったそれを、慰撫するように三巳はまた触れた。

「ん……ンッ……」

ひくっ、ひくっ、と膝頭を震わせて、瀬嶋が声をあげる。震えている陰部へ向けて、三巳は思い切り射精した。どくっ、と熱い白濁が、瀬嶋のペニスから陰嚢、それから尻の割れ目までを伝って、床に零《こぼ》れる。その時にはもう、瀬嶋の欲望は緩く復活していた。

「もう一回……？」

瀬嶋を怯《おび》えさせないように優しく聞くと、ややあって瀬嶋の首がこくりと縦に振られた。

4

翌朝。三巳が目を覚ますと、瀬嶋の姿がなかった。

三巳はいつの間にか、床の上で布団にくるまり、寝ていた。

「……瀬嶋さん？」

部屋の中には、二人分の体臭がいまだ濃く漂っている。それでも、あれは全部夢だったように思われた。目が覚めた途端に不安になり、三巳は飛び起きて瀬嶋の姿を探す。部屋を出てリビングへ向かうと、途中で足にじゃれついてきた仔猫を踏みそうになり、三巳は蹈鞴《たたら》を踏んだ。

「危ないだろう」

窘《たしな》めて三巳は、仔猫を抱き上げてリビングへと急ぐ。広い部屋のどこにも、瀬嶋の気配はなかった。

（瀬嶋さん……）

黙って出て行ってしまったのかと、三巳は失望していた。朝の日射しの下で、昨夜のことが生々しく思い起こされ、三巳は一人で紅くなる。

（僕が、あんなことをしたせいで……）

あんなことをしたせいで、瀬嶋は出て行ってしまったのか。他に理由が思いつかないから、三巳は落ちこむ他ない。

が、そんな三巳を救うように、猫がキッチンカウンターに飛び乗って『それ』を床に落とした。

「おい、そこに乗ったら……」

キッチンカウンターに乗ってはいけない、と言おうとして、三巳はその紙片に気づく。気づいた瞬間、飛びつくようにそれを拾っていた。

紙片には、瀬嶋らしい太い文字で、走り書きがされていた。

『先に会社へ行く。猫のごはんとトイレはやった。ごはん二回やらないようにな。太る』

その文面に、三巳はほっとした。そこには、三巳が求めてやまなかった日常があった。少なくとも文面からは、怒りや拒絶は感じられない。きっと瀬嶋は今日もここへ、帰ってきてくれるだろうと希望が持てた。

（よかった……）

いつの間にか瀬嶋を受け容れている自分のことが不思議だったが、三巳はあえてそれを考えないようにした。ただ、瀬嶋がここからいなくなるのが嫌だった。ずっとここにいて欲しかった。

「……ん？」

小さな紙片の一番下に、豆粒のような文字を見つけて、三巳は目を凝らす。小さな小さな文字で、それは書かれていた。

『スケベ』

「ちょ……っ」

ここに瀬嶋がいるわけではないのに、三巳は思わず、また紅くなる。

（ほんとに、女子高生みたいなことをする人だな……）

なんだかそわそわしたような気持ちになって、三巳はそのメモを捨てず、丁寧に畳んでポケットに仕舞った。殆《ほとん》ど無意識の行動だった。

（あの布団は、瀬嶋さんがかけてくれたのか）

床で寝たわりには、三巳の頭はいつになくすっきりと晴れ渡っていた。体の疲れも、完璧に取れている。

自分と比べて、瀬嶋のほうは、少しでも眠れたのだろうか。三巳は心配になった。

（あんな体で出社を続けて、大丈夫なのか）

あんな体、とはもちろん、耳と尻尾のことである。

瀬嶋自身は元気だが、猫耳と尻尾が生えていることを、いつ誰に知られるともわからない。その時瀬嶋はどうするのだろうか。三巳は思案した。

（本人は、どうもしない気がするけれど）

きっと彼は今まで通り、過ごすだろう。が、周囲が同じように彼に接するとは限らない。

きっと騒ぎになるだろうし、見せ物にされたり実験材料にされたりするはずだ。三巳の中で、どんどん暗い想像が膨らんでいく。

（早急に、なんとかしなければ）

瀬嶋が酷い目に遭うのは嫌だ。なんといっても彼は、大事な可愛い『猫』なのだから、と考えて、いや、違う、そういう意味ではないと三巳は自分に言い訳をした。


素早く身支度を整えて、三巳もまた定時に出社を果たした。午前中のスケジュールを高速でこなし、午後、三十分の余裕を作る。

三巳には今日、絶対に会わなければいけない相手がいた。たとえ相手が望まなくても、会わないといけない相手だ。

自分の秘書に命じて、三巳は相手の秘書、即ち木藤勇治にアポイントを取った。なぜそんな遠回しなことをするかといえば、三巳と藤井元村は、異母兄弟でありながらお互いの携帯電話の番号もプライベートなメールアドレスも教えあっていないためだ。理由は単純明快、お互いに知りたくもなかったからである。

普段だったら同じ地球で息をするのも嫌なくらいなので、互いに面談を要求することなどあり得ない。が、最近頓《とみ》に藤井からの間接的、直接的接触が多かったのは、株式の分割に際して藤井元村が裏で糸を引き、競合他社からの敵対的買収を仕掛けていたせいだった。白日の下に晒されれば背任に当たる行為だが、もちろん藤井がそんな尻尾を見せるはずもない。

案外あっさりとアポイントは取れて、藤井は三巳の執務室にやって来た。

本当に目障りな兄だと、三巳は藤井を、ゴキブリを見るような目で睨んだ。藤井のほうはといえば、薔薇《ばら》の木にたかるアブラムシを見るような目で三巳を見ている。

秘書も事務員もすべて人払いさせて、単刀直入に三巳は切り出した。

「弊社の瀬嶋櫂司の肉体の変化について、貴方は何か、知っていますね？　元に戻す方法は？」

「なんのことだ」

しれっとした顔で、藤井が茶を啜《すす》る。藤井がそういう反応をすることは最初からわかっていたから、三巳は予《あらかじ》め用意しておいた交換条件をちらつかせた。

「次の株主総会で、貴社のスキャンダルについての発言を、一つだけ引っこめさせましょう。それでどうです」

「へえ」

さも意外だ、という顔を藤井は作った。

「凄いな。あの猫耳男には、そこまでの価値があるのか」

「そういうわけではありません。社員に対する人道的配慮です」

「おまえの口から人道という言葉が出るとはなあ」

態《わざ》とらしい物言いに、三巳の苛立ちは高まる。株主総会で使える情報は、どちらにとっても貴重な取引材料だった。スキャンダル一つで株価が左右されるのだから、双方、必死だ。三巳が内偵によって摑んでいたのは、藤井の部下の女性スキャンダルだったが、それを追及しない代わりに瀬嶋に関する情報を要求したのである。

(こいつが何か関わっていることは、間違いないんだ)

先日、わざわざ揺さぶりをかけにきたのは、他でもないこの藤井元村だった。

『お前は猫が、何よりも好きだっただろう』

瀬嶋といる時に、わざわざこれを言いに来た理由なんて一つしか考えられない。藤井はこうも言っていた。

『せいぜいあの中年の猫を、可愛がってやればいい』

つまり藤井は、最初から瀬嶋の肉体について知っていたということだ。偶然であるはずがない。瀬嶋の肉体の『変化』はアメリカ出張時に発生したものだと本人が語っていたが、その裏には必ず、この藤井元村の策略があるに違いなかった。

(僕はもしかして、とんでもない罠《わな》に自ら嵌りにいっているのではないか?)

そのような不安が三巳の胸をよぎったが、三巳はもう、自分を止められなかった。なぜなら、猫が。もとい、瀬嶋が困っているからだ。本当に困っているのか、今一つ判然としない呑気さではあったが、猫耳と尻尾をつけたまま暮らしたい中年男性はいないと三巳は思う。

藤井は、冷たくなった茶を飲み干し、『真実』を小出しにした。

「セックス」

「…………は?」

汚い根性とは裏腹の、綺麗な顔で突然藤井に下ネタを言われ、三巳は戸惑った。藤井は、性根は腐っているけれど表面だけは上品だ。中身は腐っていても、パッケージだけは美しく飾られて売られている菓子みたいな男だ。

その藤井がいきなり「セックス」などと言うものだから、三巳は顔を歪ませた。正直気持ち悪いと思った。

藤村は続けた。

「別に昼間からお前とエロトークがしたいわけではない。おぞましい」

「こちらの台詞です。で、セックス、とは？」

「セックスしたら止まるよ、あれ」

ふふん、と冷笑を口元に浮かべて、藤井は言うのだった。

「アメリカのプレシャスフーズで開発していたあれはな、元々、獣と人を一体化させて、変わった趣向の娼婦を作るのが目的だったんだ。俺が個人的に出資して、秘密裏に作らせていた」

「ちょ……それって……」

それこそ人道に悖《もと》るだろうと、三巳は背筋を凍らせる。藤井元村に比べれば、三巳はまだ自分のほうが常識人だと思い知らされることが多々、あった。

「研究はまだ途中だったわけだが、そこへバカな日本人が迷いこんだ。本当は女を罹患《りかん》させて、おまえのところに送りこむ手筈《てはず》だったのに。おまえ、好きだろう。猫が、堪らなく」

（確かに好き、ではあるけど……）

考えない。普通考えないし実行しない。猫と人を合体させて、ハニートラップを仕掛けようとか絶対考えないし実行もしない。この人、狂ってる、と三巳はますます汚いものを見る目で藤井を眺めた。

藤井はそういう視線に慣れているのか、別段動じない。

「そこにうっかり迷いこんだのが、どう見ても使い物にならなそうな中年のジャパニーズビジネスマンだったわけだが」

そこまで言って、今度は藤井のほうが三巳を汚いものを見る目で見つめた。

「おまえ、ゲイだったんだな」

「違う！」

思わず強く否定したが、昨夜のことを知られているような気がして、語尾は少し濁った。

藤井は、そこまで言うと立ち上がった。三巳は慌てて止めた。

「おい、ちょっと待て。まだ、肝心のことを……」

「さっき教えてやっただろう」

面倒臭そうに、藤井はちらりと三巳を一瞥《いちべつ》する。もちろん論三巳も引き下がらない。

「聞いてませんよ。僕が聞きたいのは、どうやったら彼を元の人間に戻せるかっていう……」

「だから、セックス。元には戻らないが、それで進行は止まる」

「え、えぇ!?」

真顔で言われて、三巳は膝から下の力が抜けそうになった。そんな三巳に、藤村がさらに追い討ちをかける。

「元々女の娼婦を作るための技術だから、男の精液を摂取しないと効果はない。研究はブラックマーケットにも提供されるはずだったが、男娼のほうは想定外だ。通常、女にしか効かないはずだった。


ケモラブ。

あれはイレギュラーだ」

「いや、ちょ……」

えっこれは、僕はこういう時、どんな顔をすれば、と戸惑う三已の顔は、引きつっていた。その顔が見られただけでも、藤井元村にとっては僥倖《ぎょうこう》だったのだろう。

藤井は、この前と同じ台詞を残して去っていった。彼はその台詞を、よほど気に入っているらしい。

「せいぜい可愛がってやるんだな、あの中年猫を。そしたら次の株主総会で指を指して笑ってやるから」

「く……ッ」

三已は俯き、拳を握った。もうすでに可愛がりましたとは、三已に言えるはずもなかった。

ケモラブ。

◆◇◆

残りの出社時間を幽鬼のように過ごして、三巳は早々に帰宅した。何事もなければ、瀬嶋は定時に帰宅しているはずだ。

一刻も早く瀬嶋に会いたくて、三巳は帰路を急いだ。

(僕はバカか！　なんで昨日のうちにあの人のケータイ番号を聞いておかないんだ！)

後悔しながら三巳は走る。都内は帰宅渋滞の時間帯で、道が混雑していた。走ったほうが早い距離だったのである。

(ん？　そういえば、鍵……)

ケータイ番号もさることながら、三巳は瀬嶋に、変更したセキュリティパスワードも、教えていなかった。なんとなくばたばたしているうちに、失念していた。

斯くして三巳の心配した通りに、瀬嶋は今日もマンションの前の道路に座りこんでいた。

(あああぁぁ……)

ニット帽の下で、猫耳がぺたりと倒れてしまっているのが三巳の目にも見て取れた。ズボンの中の尻尾も、寒さで小さく折り畳まれているに違いない。鼻の頭は紅くなっている。

駆けつけた三巳の姿を横目で恨みがましく見て、瀬嶋は呟いた。

「さっむぅーい」

「……ッ……！」

三巳は息を詰まらせて、瀬嶋のもとへ駆け寄り、いきなりその体を横抱きにした。

「え、あの、おい、ちょっと」

そのまま、疾風の勢いで三巳はマンションの中に駆けこむ。三巳を抱いたままパスワードを入力し、カードキーをも駆使するという神業を見せながら、部屋に辿り着く。玄関で三巳は、瀬嶋を抱いたまま肩で息をしていた。

「なんでおまえは俺を抱いて運ぶの？　クロネコのお母さんなの？」

抱いたままの瀬嶋に聞かれ、三巳ははっと我に返る。本音では、耐えられなかったのだ。自分のミスで、『猫』が寒さに震えていたということに。

もちろん正直にそんなことは言いたくないから、三巳はまた嘘をつく。

「老人は、足腰が弱いからです！」

「え……お、おぅ……」

老人と言われたことに、瀬嶋が少ししょんぼりとした。しまった、また『猫』の心を傷つけた、と三巳は血相を変える。瀬嶋が、遠慮がちに言った。

「あの、歩かなくなると余計に足腰弱るから、下ろして……？」

齢《よわい》三十五で、瀬嶋は老いを受け容れた。違います、今のは言葉のあやですと三巳は叫びたかった。

(どうして、僕は……!)

もっと素直になれないのかと三巳が自分を責めながら壁に頭をぶつけていると、後ろからぽんぽんと肩を叩かれる。

「やめろよぉ、敷金返ってこなくなるぞ」

「持ち家です!」

カッと振り向いた先には、心配そうに覗きこむ瀬嶋の顔があった。至近距離で目が合った途端、瀬嶋は紅くなり、ぱっと視線を逸らす。

「か……っ」

思わず叫びそうになるのを、三巳はぐっと堪えた。

(可愛い……)

きっと昨日のことを思い出して、瀬嶋は照れているのだろう。三巳もつられて紅くなる。紅くなりつつ、震える手でポケットから携帯電話を取り出し、重要なミッションをこなす。

「け、ケータイの、番号を……あと、メルアドを……ッ」

「お、おう」

目を血走らせて番号を聞いてくる三巳に、瀬嶋はちょっと引いていた。番号を教えあいながら、瀬嶋がふと思い出したように聞いた。

「そーいや、今日会社に行って、なんか手がかり摑めたか？」

「あ、はい」

瀬嶋の猫耳と尻尾を、元に戻す方法についての質問だと、三巳にはすぐにわかった。約束したのは昨日の今日である。忘れ得るはずもない。ケータイに気を取られていて、三巳はつい、正直にそれを口にしようとした。

「セック……」

言いかけて三巳は、慌てて口を塞ぐ。よく考えてみれば、これはとんでもないことだと気づいたのだ。

急に黙りこんだ三巳を訝って、瀬嶋が顔を覗きこんでくる。

「ん？　どした？」

三巳は、口を押さえたまま苦しい言い訳をした。

「せっく……節句……端午《たんご》の節句の、お祝いを……」

「えっ今、十二月だけど？　やんの？　節句」

「い、いえ……」

苦しい。苦しすぎる言い訳だと、三巳は呻吟《しんぎん》した。瀬嶋は、三巳が思っているよりは大人だし、賢いのだろう。三巳が隠そうとしている『事情』を、すぐに察した。

「あの、さ。多少過激な方法とかでも、俺、ある程度は覚悟してるからさ。ある程度は、だけど」

「え、ええ……」

ある程度ってどの程度だろう。三巳は悶々と考えた末に、正直に昼間聞いたことを伝えることにした。

「本当は、解毒剤のような物があればよかったんですが……」

「うん」

いつになく真剣な目をして、瀬嶋が身を乗り出してくる。三巳は、そっと目を逸らした。

「その、元に戻す方法は聞けなかったですけど、進行を止める、方法なら……」

と、自分でそこまで告げて、三巳ははたと気づいた。

(――――進行？)

昼間、藤井は『元には戻らないが、それで進行は止まる』と確かに言った。『進行』と、言ったのだ。

つまり、それは。

「あの、それ」

瀬嶋は室内に入ってすぐに、ニット帽を脱いでいた。今ではいそいそとズボンまで脱ぎだしている。

耳と尻尾を着衣で圧迫するのは、窮屈らしい。

「進行、するんですか……？」

「……うん。そんな感じ」

しょんぼりと、肩と尻尾を落として瀬嶋は頷《うなず》いた。

（なんてことだ……）

事態は思っていた以上に深刻だったのだと、今さらながらに三巳は震えた。

猫化は、セックスすれば『進行が止まる』というだけで、『治る』わけではない。藤村はつまり、そう言ったのだ。

『症状』が『進行』するというなら、いずれ瀬嶋は。

（本物の猫に、なってしまうということか……!?）

それはそれで素晴らしく可愛い、と震えたあとに、三巳は自分の頬を叩いて理性を取り戻した。自分は、なんて酷いことを考えているのだろう、と。

「お、おい、大丈夫か……？」

不審な挙動を繰り返す三巳を、瀬嶋のほうが心配し始めた。その優しさが、三巳に心を決めさせた。

せめて本当のことを告げて、『進行』を止めようと。

しゃっきりと背筋を伸ばして、三巳は瀬嶋の肩に手を置く。まともに立てば、三巳のほうが瀬嶋より、身長は高いし肩幅だってずっとある。

守ってやれる、と三巳は思った。

「完治させる方法はわかりませんでしたけれど、進行を止める方法は聞き出せました」

「おう、どんな方法だった？」

一拍、間をおいて。

三巳は告げた。

「セックス、することです。男と」

「……はい？」

瀬嶋の顔が、人懐こい笑顔のままで固まる。瀬嶋も一拍間をおいて、なぜだか英語で聞き返してきた。彼も彼なりに動揺していたのだろう。

「ワンスアゲイン？」

「セックスです！　男と！　何度も言わせないでくださいッ！」

自分だって恥ずかしいのだと、三巳は瀬嶋に八つ当たりをした。瀬嶋は最初「ふはは」と笑い、次に視線を泳がせ、最後は俯いて頬を掻いた。

「なんか、そんなよーな、気はしてたんだわ……」

「してたんですか……」

昨日起きたことに対して、瀬嶋があまりショックを受けていなかったのは、彼なりにぼんやりと

『予測』していたからかと三巳は察した。

（それで昨日、少し様子が変だったんだな……）

なるべく瀬嶋を追い詰めないように、さらに言うならなるべく自分の『本心』を悟られないように、三巳は瀬嶋に触れようとした。

「それで、あの」

昨日のようなあれでしたら、この僕が喜んでお相手致します、というようなことを、なんとかいやらしくならないように言い回そうとする三巳の下心を、瀬嶋が止めた。

「でもさー」

下半身はトランクス一枚というあられもない姿で、尻尾がぴこぴこと動いている。それだけでもう三巳の下半身は堪らなかった。

「そういうのって、好き同士で、するものじゃん……？」

「か……ッ」

可愛い、とまた叫びそうになって、三巳は唇を噛んで堪えた。強く噛みすぎて口の端から血が滲《にじ》んだ。

可愛すぎる。なんなんだ、この三十五歳。おかしくないか。苦悶する三巳の口を、瀬嶋が手で拭ってくれる。


ケモラブ。

「口から血ィ出てんぞ。壊血病か？」

「い、いえ」

ビタミン剤は飲んでますから大丈夫ですと答え、三巳は暫し、押し黙った。瀬嶋もまた、これ以上何をどう言っていいのかわからない様子で、俯いている。が、そこに絶妙のタイミングで、仔猫が通りかかった。腹が減っているのに、いつまでもエサを持ってこない奴隷、もとい、人間二人に焦《じ》れたのだろう。

「にゃーん」

猫は口に、三巳が用意してやった紐《ひも》状の玩具を銜《くわ》えていた。それをずるずると引きずって廊下を進んできたのだが、玩具を見た途端に瀬嶋の目がきらりと光った。

「にゃっ」

小さく鳴いて瀬嶋は床にしゃがみ、仔猫が引きずっている玩具を爪で引っ掻いた。そうして仔猫とじゃれ合いながら、寝室へと消えていく。

（ああ……進行してる……）

昨日はまだ、ここまではなかった。少なくとも玩具には反応しなかった。やはり日々刻々と彼は猫に近づいているのかと、三巳は軽く絶望した。

とぼとぼと寝室に足を運ぶと、三巳の姿を見た途端、瀬嶋がはっと立ち上がり額に手を当てる。

「……はっ⁉　俺は今、なにを……」

「いいんですよ、そのままで……」

慈愛に満ちた目で、三巳は瀬嶋を見つめた。平素は冷淡な三巳のその優しさは、逆説的に瀬嶋を追い詰めた。

「い、嫌だあああ！　お、おれ、このままじゃ猫になっちゃうよぉぉぉッ！」

「あの、そうなったら僕が、飼いま……」

三巳の、一世一代の『告白』は、瀬嶋の食欲によって掻き消された。

「嫌だああああ猫になったらネギとかチョコとか食べられねーじゃん！　あっあとキシリトールもやばい!!　ガム食えない！」

「それは……」

そうですね、体に悪いから食べさせられませんねと三巳がついうっかり肯定すると、瀬嶋の恐慌は激しさを増す。

「なんとかしてくれ！　俺、猫になりたくない！」

「え、は、はい、それは、もう……」

なんとかしたいのは山々ですがと、三巳はしがみついてくる瀬嶋の肩の上でおろおろと手を彷徨《さまよ》わせた。瀬嶋の猫部分と同じ毛色の仔猫が、そんな二人を不思議そうに見つめていた。

◆◇◆

その日は気まずくて、結局何もしないで二人は床についた。もちろん論別々の部屋でだ。今日は陽が沈む前に、三巳がデパートの外商に瀬嶋のためのベッドを届けさせたから、瀬嶋もふかふかのベッドで眠れただろう。

（疲れた……）

綿のように疲労した体を、三巳は自分のベッドに横たえる。三巳にとって今日という日は、本当に濃い一日だった。

（瀬嶋さん、大丈夫だろうか）

昼間はなんとなく有耶無耶《うやむや》になってしまったが、藤井元村の言が真実ならば、今の瀬嶋の『症状』は相当まずいもののはずだ。

なんといっても、放置し続けたら彼は『猫』になってしまう。

（朝起きたら、瀬嶋さんが完全に猫になっていたらどうしよう）

全身に毛が生えるのだろうか。大きさはあのままだろうか。内臓の機能も、猫と同じになるのだろうか。

（そうしたら、瀬嶋さんは……）

ずっとここにいるんだな、と想像してみて、三巳は自分でも驚くほど嬉しいような気持ちになった。

（いや、別に、猫を、路頭に迷わせたくないから、であって……）

人とも猫ともつかない生き物なんて、誰も飼ってはくれないだろうし、瀬嶋があああなったことに対して自分は間接的にとはいえ責任があるのだから、と三巳は自分に言い訳を続ける。が、どう考えてもその言い訳には無理があった。

三巳は何度も寝返りをうった。

つまるところ自分は、瀬嶋にはずっと、ここにいて欲しいのだ、と。

認めるのに、大した時間は要さなかった。

（何なんだ……）

何なんだ、この感情は。

自分でもわからなくて、三巳は両手で顔を覆う。

助けたいとか守りたいとかいうのとは、少し違う。ただ、ここにいて欲しい。猫になってもならなくても、あのままの瀬嶋に、ここにいて欲しい。

他人なんかすべて面倒くさくて、誰かと暮らしたいと思ったことなんて三巳には今まで一度もなかった。だから困惑していた。あんなに図々しい、落ち着きのない、年上の男にこんなに執着するなんて、自分でも自分がよくわからなくなる。

あまりにも寝付けないから、もう一度シャワーを浴びるかとベッドから立ち上がったその時、三巳はドアが、外側からそっと開けられたのに気づいた。

この家でドアを開ける『人物』は自分以外には一人しかいない。三巳の心臓は、どきりと跳ねた。

たった今、脳裏に思い描いていた顔が、そこにあった。

「……あのさー」

もじもじと尻尾を揺らしながら、下着姿の瀬嶋がそこに立っていた。むしゃぶりつきたくなるからやめて欲しいと、三巳は目を逸らす。

「部屋、入っても、いいか……？」

いつになく遠慮がちな瀬嶋の顔は、橙《だいだい》色の間接照明に照らされて、色づいて見える。室内はすべて空調管理されていて温かいせいか、瀬嶋は今日も、シャツにトランクスという下着だけの姿だ。トランクスには、尻尾を伸ばすための穴が開けられている。適当に破ったのか、ずいぶんいい加減な穴だった。それじゃあまるでボロ切れみたいに見えるから、明日にはデザイナーに尻尾を出すための穴の空いた下着を発注しようと三巳はぼんやりと考えた。

瀬嶋は、もじもじと下を向いたまま聞いた。

「俺のこと、おかしいと、思わねえ……？」

「思ってません」

三巳が即答すると、瀬嶋はとてて妙に軽やかな足音をたてて近づいてきた。足音までもが猫に近づいているのか、可愛らしい。もうやめてくれ、僕のHP《ヒットポイント》は0だと三巳は鼻血を堪える。

ベッドの横に立った瀬嶋は、再度確認した。

「俺、臭かったり、しねえ……？」

「しません」

これにも三巳は即答、断言した。臭いどころか、むしろ瀬嶋からはいい匂いがする。日向《ひなた》にいた猫と同じ、太陽と埃《ほこり》の匂い。それに少しだけ、麝香《じゃこう》に似た香りが加味されていて、なんとも言えない芳香となっていた。近くで嗅ぐと、くらりと眩暈《めまい》がするほどだ。

返事をしてすぐに、三巳は瀬嶋に抱きつかれた。うぅっ、と三巳は呻きそうになる。首に抱きつかれて苦しかったからではない。苦しかったのは、パジャマの中の下半身だった。

瀬嶋は、本心から済まない、という口調で言った。

「なんか、ごめんな。こんなことに巻きこんで……」

「別に……」

さりげなく瀬嶋の髪を撫でながら、三巳は必死で平静を装う。けれどそれも、限界に近かった。このまま自分は半・獣姦《じゅうかん》、それも強姦に走ってしまうのだろうか。そうなる前に、瀬嶋には自主的に離れて欲しかった。自分のこの手を、拒んで欲しかった。なぜなら三巳は、自分からは拒めないからだ。

そんな三巳の葛藤を、読み取ったのかいないのか。瀬嶋は、甘く三巳を誘惑した。

「せめてもの詫びに、なるべく、気持ちよくしてやるから……」

「え、あ、ちょっ……」

指先が、三巳の背中をするりと伝い落ちる。背中を触られるのは気持ちが悪いから大嫌いなはずなのに、瀬嶋の指だけは、まるで天使の羽根のように心地良かった。

（う、わ……）

瀬嶋の顔が、斜めに近づいてくる。目を閉じる間もなく、唇が重なる。

（い、いいの、か……？）

瀬嶋がさっき言ったことを、三巳は思い出していた。

『そういうのって、好き同士で、するものじゃん……？』


「いい、んですか……？」

唇が離れた時を見計らって、恐る恐る、三巳は聞いた。頷くかと思いきや、瀬嶋はぷるぷると震え始めた。

「お、俺」

（え!?　ダメなのか!?）

　ここまで来てまさかのダメ出しかと三巳は顔色を変えたが、違った。

「もぅ、がまん……む、り……ッ」

「え……」

　密着した下半身に硬いものを感じて、三巳は我知らず、喉を鳴らす。トランクスの中で、瀬嶋のものが反り返っているのがわかった。

「苦しい、ですか……？」

　わかりきったことをあえて確認すると、ぴこっ、と尻尾が縦に振られた。三巳は、両手を瀬嶋の下着の中に忍びこませた。

「すぐに、楽にしてあげますから……」

「ん、ん……」

「生理現象ですから、ね……？　恥ずかしく、ないですから……」

　涙目で見上げてくる瀬嶋を少しでも慰めようと、三巳は必死で言い訳を考えた。瀬嶋の表情が甘く緩み、唇が何か言葉を発した。

「優、し……」

「え、なんですか？」

よく聞き取れなくて三巳は聞き返したが、瀬嶋は二度は同じことを言わなかった。

「早く、ぅ……ッ」

我慢できない、という切羽詰まった声でねだられて、三巳もまた、行為に溺れていった。瀬嶋の下着を脱がせ、自分のベッドに押し倒す。

「ふあ……っ」

仰向けにされた瀬嶋の股間には、隆々と聳《そび》えたつものがあった。

(昨日は、三回……いや、四回、だっけ……?)

昨日瀬嶋が果たした欲望について思い出し、三巳も身震いする。三巳自身の欲望は、不完全燃焼気味だった。瀬嶋を気遣いながらするたった一度の射精では、とても足りなかった。

「瀬嶋さん……」

「あ、ひッ……」

猫耳に歯を立てられて、瀬嶋が身悶《みもだ》える。三巳はさっきの仕返しとばかりに、瀬嶋の全身を撫で回す。

「ン、んぅっ……」

物足りなさげな声が、瀬嶋の口から漏れる。三巳は瀬嶋の乳首に、特に執着した。茱萸《グミ》のような弾力に富んだそこは、指先にエロティックな感覚を与えてくれる。が、瀬嶋のほうは、その愛撫が好きではないらしい。

「そ、れ、嫌だ……」

「駄目」

瀬嶋に手首を摑まれても、三已はやめない。瀬嶋の興奮が移ったかのように、三已もまた、激しく興奮していた。

「だって、ほら、ここ、弄るたびに」

「ひ、ぁっ……」

瀬嶋の肩が、捩れる。

「ちん●、びくびくってなる……」

わざと卑猥な言葉で、三已は瀬嶋を煽った。瀬嶋を、羞恥心の鎖から解き放つために。

「あ、ァ」

指摘されて瀬嶋は、震えながら足を開く。ちゅっと乳首を吸われるたびに、屹立が膨らみを増す。先端からは熱い蜜が滴《したた》り始める。

「可愛い……瀬嶋さん……」

三已がつい本音を呟くと、瀬嶋はぶるぶると首を振って否定した。

「か、わぃ、く、なぃ……ッ」

可愛いと言われるのは、男として不本意なのか。それでも「可愛い」以外の言葉が、三巳の口からは出なかった。

それだけで頭の中をいっぱいにして、三巳は瀬嶋を抱きしめる。

（可愛い……可愛い……）

「ふ……」

ぎゅっと強く抱かれると安心するのか、瀬嶋は少しだけ力を抜いてくれた。その隙に、三巳は瀬嶋の後ろに手をやる。

（昨日は、確か……）

普通の愛撫では、瀬嶋はなかなか達しなかった。瀬嶋が一番感じたのは、瀬嶋自身が一番嫌がった部分だ。だから瀬嶋の『嫌』は、あてにはしないことに三巳は決めた。

不意打ちで尻尾を摑むと、瀬嶋の口から可愛い声があがる。

「ひゃんっ！」

「はは……可愛い……猫というより、仔犬みたいだ……」

「う、ぅ～……ッ」

犬のように呻きながら、瀬嶋は腰を引こうとした。

「や、やだ、尻尾、や、らぁ……っ」

「でも、ここが一番……」

「ふぁううっ……！」

しゅりっ、と尻尾をこすると、瀬嶋の唇から透明な涎が溢れた。口を閉じているのもつらい状況なのだろう。

舌っ足らずな声で、瀬嶋は頻りに抗議する。

「へ、変態、へん、たぃ、変、た、いぃ……ッ！」

(尻尾を触るのは変態なのか……)

瀬嶋の言う変態の基準が、三巳にはよくわからない。本気で嫌がっているのか、体に力が入らないだけなのかも判然としないから、念のため三巳は聞いてみた。

「もしかして、尻尾を握られると、力、入らない……？」

三巳の質問に、瀬嶋はこくこくと二回、頷く。三巳は無意識に笑っていた。

「そうですか。それは」

好都合だ、と。さすがに口に出しては言わなかったけれど。

「あァ、んぅっ……！」

ペニスへの愛撫はやめて、尻尾だけを弄くり回すと、瀬嶋はひっきりなしに身悶えた。表面に密集している毛をさらさらと撫で、尻尾の芯をコリコリと揉みこむと、まるでそれが性器そのものであるかのような乱れ方を瀬嶋はする。尻尾は、そういえば男性器を象徴しているようにも見えると三巳は思った。

（この人の尻尾は、特別綺麗だ……）

すんなりと長くて、虎縞模様のふわふわの毛で覆われた尻尾は、他のどの猫よりも美しく三巳の目に映る。それが性感帯だなんて、最高だった。

散々尻尾を弄り回した後、ふと思いついて三巳は、尻尾で瀬嶋の性器に触れた。

「ひぁ、ひ……！」

途端に瀬嶋の口から、悲鳴にも似た嬌声が溢れる。予想通りの反応に、三巳の笑みが深まった。

「ああ、やっぱり……」

「あ、ァ……」

瀬嶋は、好き放題にされている自身の恥部と尻尾に視線を釘付けにして、ぶるぶると震えている。

三巳は、屹立の先端、じくじくと熱い蜜を漏らしている小さな口を、尻尾の先で撫でた。

細かい猫の毛は、きっと射精口の中まで刺激したに違いない。その証拠に、瀬嶋は呆気なく達した。

「うぁ、う、ンンッ！」

ピュッと白いものが、瀬嶋の亀頭から飛び散る。それは弧を描き、三巳の頬にまで届いた。上等の毛並みも、白濁で濡れてしまう。

三巳はそれを、毛繕いするように丹念に舌で舐め取った。

「あ、うぅっ、やぁっ……！　お、れ、まだ、イッ、て……！」

達している最中に、最大の性感帯である尻尾を舐められるのは堪らないのだろう。瀬嶋は、いやいやをするように首を横に振った。三巳は、それこそ男性器にするような舌遣いで、瀬嶋の尻尾をしゃぶり続ける。密集する柔らかな毛を舌で掻き分け、尻尾の芯を歯で扱《しご》くと、瀬嶋は背中を仰け反らせた。

「んうぅっ……！」

瀬嶋の尻尾からは、確かな脈動が伝わってきた。摩訶《まか》不思議な理由で生えてきた尻尾だというのに、それはやけに生々しく、確かに生きているものの感触がした。舌や指を押し当てると、血管が通っているのがうっすらとわかる。

三巳は不意打ちで、愛撫を尻尾からペニスに移した。本物の血管が見えている裏筋をねっとりと舐め上げると、膨らんだ先端から溢れるものがさらに量を増す。

「まだ、出さないでくださいね」

言い含めると、瀬嶋が切なげに目を潤ませて、見上げてくる。その表情にそそられて、三巳は上体を伸び上がらせ、瀬嶋の唇をキスで塞いだ。

「ン、く……」

キスしながら尻尾をまさぐると、瀬嶋は唇から逃れて、深い息をする。

「あ、……ン……ッ」

尻尾の先をコリコリと揉むと、肩を震わせ、切なげに閉じた瞼を震わせる。

(先っぽが、一番感じるのか……)

それに気づいた三巳は、尻尾の先を口に含み、甘い舌遣いで舐め回した。しっとりと濡れた猫毛が、口の中に絡みつくようだ。コリッと硬い芯は、目を閉じて味わうとまさしく性器そのもののように感じられて、卑猥だ。

尻尾の先をしゃぶりながら、柔らかな陰嚢を揉む。皺《しわ》を伸ばすように指の腹で押し、丸くなぞるように擽ると、ふっくらとした柔らかいそれはびくびくと震えた。

「ふぁ、アァッ……!」

屹立には触れていないのに、瀬嶋は呆気なく、二度目の射精をした。反り返った陰茎の先から白いものが飛び散るのを、三巳はうっとりと眺めた。

「あ、あァ、……う、そ……なん、で……ッ」

二度達しても萎えないペニスに、瀬嶋は戸惑いを隠せない。昨日からずっとそうだった。一体いつからこういう躰になってしまったのかは三巳には定かでないが、瀬嶋はずっと、我慢してきたのではないか。

そう考えると瀬嶋のことが不憫《ふびん》で、三巳はますます愛しさが増す。

まだ足りていないのはわかるから、三巳はさらに愛撫を濃厚にした。濡れた尻尾を摑んで、それをまだ精液を漏らしている最中のペニスに巻き付けると、瀬嶋の口から悲鳴に近い声があがる。

「ひっ！　アァッ！」

びくんっ、びくんっ、と瀬嶋の背中が二度、撓った。見開かれた目からは、大粒の涙まで溢れる。性器からは新しい熱いミルクが、びゅくっと溢れ出ていた。

「そ、それ、やだ、嫌、あ、あ……！」

がくがくと震えながら、瀬嶋は三巳の手を止めようとする。きっと、刺激が強すぎるのだろう。猫化のせいとはいえ、あまりにも感じやすすぎる瀬嶋に、三巳は夢中だった。

「う、ゥ、ひぃっ！」

尻尾を用いて射精口を擽ると、瀬嶋が大きく躰を捩る。つられて、濡れた屹立が激しく揺れる。このままではすぐにまた達してしまうだろうからと、三巳はその愛撫をやめた。

はーっ、はーっ、と長く深い呼吸が聞こえる。瀬嶋の肺から発せられるものだった。瀬嶋は、とろりと蕩《とろ》けた視線を三巳に向けている。口では決してねだらないけれど、紅潮した頬や濡れた眸が「もっと」と訴えていた。

三巳の喉が、ごくりと鳴る。瀬嶋自身はすでに二回放出しているけれど、三巳のほうはまだ一度も欲望を吐き出していなかった。瀬嶋よりだいぶ大きい若牡《おす》は、三巳の下腹部で熱く滾っている。

（瀬嶋さん……）

心の中で名前を呼んで、三巳は再び瀬嶋の陰部に口をつけた。今度は少し下のほうだ。また陰嚢を愛撫されると思ったのか、瀬嶋が「んっ」と可愛い息を吐く。が、三巳の舌先が伸ばされたのは、さらに下方だった。

「え、あ……？」

あらぬ箇所を熱く濡れた舌で舐められ、瀬嶋は一瞬、ぶるりと胴震いをした。

「や……そ、こ……」

小さな抗議があったのは最初だけで、瀬嶋もすぐに、その愛撫を受け容れた。

三巳が舌を伸ばしたのは、瀬嶋の尻の蕾《つぼみ》だった。最初は陰嚢を舐めるふりをして、徐々に舌を滑らせ、陰嚢と蕾の間に舌を遊ばせる。それによって瀬嶋の躰から力が抜けるのを見計らい、三巳は慎ましやかに口を閉ざしている窄《すぼ》まりに舌を押しこんだ。

「ン、あ……っ」

性器や尻尾を愛撫されていた時とは違う、甘ったるい声が瀬嶋の口から漏れる。劇薬のような快感に疲れた躰には、その愛撫はもどかしくも官能的だったのだろう。されるがままになっている瀬嶋が可愛くて、三巳の愛撫にも熱がこもる。

きゅっときつく入り口を引き結んだ蕾は、舌の侵入を受け容れて、恥ずかしそうにヒクンと震えた。

三巳は、瀬嶋を怯えさせないようにゆっくりと、まずは入り口を解きほぐす。

「ふ……ッ」

（ゆっくり……）

すぐにでも貪りたいのを堪えて、三巳は緩慢に舌先を動かした。緊張を隠しきれないかのように口を閉ざしていた窄まりが、濡れた舌でまさぐられるたび、小さく開閉を繰り返す。

窄まりの表皮を濡らした後、三巳はぐっと舌を押し入れていく。存外容易く、舌は窄まりの中へ潜りこむことを許された。三巳はそっと視線を上げ、瀬嶋の様子を確かめる。瀬嶋は、右腕で目の辺りを覆い、歯を食いしばっていた。

その顔は紅潮し、閉じた口からは透明な涎が溢れ出ている。

感じているのだと、すぐにわかった。

三巳は、さらに奥まで舌を入れるために、瀬嶋の窄まりに指を添え、左右に開く。紅い媚肉の中までが見えたことで、三巳の雄蘂はますます興奮を増した。その柔らかな粘膜に、自分の牡を思う存分こすりつける様を想像するだけで、射精しそうだった。

「ン、ひッ……！」

指で拡げた肉孔に、届く限り奥まで舌を押しこむと、瀬嶋の両手が三巳の髪に置かれた。引き剝がされるかと思ったが、髪を掴む瀬嶋の指先には、力が入っていなかった。それをいいことに、三巳は瀬嶋の、禁忌の肉孔を存分に堪能する。

「あ、ア……」

ぬるりと、舌に沿わせて指を呑みこませる。狭隘《きょうあい》なはずの肉筒は、意外なほど弾力に富み、男の指を受け容れた。三巳の頭上に置かれた瀬嶋の手が、震えている。

「つめ、た……ッ」

窄まりを押し開かれて、体内に外気を感じたのか。冷たい、と、瀬嶋が訴えた。三巳は熱を分けるように、唇と舌でそこを塞いだ。

「ンぁ、ふぅ……っ」

甘ったるい声と息が、また瀬嶋の唇から溢れた。三巳は人差し指を、瀬嶋の肉孔に軽く押しこんでみる。肉孔そのものはぬめらされていてもまだ堅いが、瀬嶋の抵抗は薄かった。三巳は夢中で、指を動かし始める。

「あンッ！　う、あ……ァ……！」

ぬちっ、ぬちっと人差し指で肉孔を突き上げながら、蜜を垂らす陰茎を舐め上げる。蜜は、陰嚢を濡らすほど、しとどに滴っていた。三巳は途中で口唇を陰嚢に移し、口に含んで転がした。

「ン、あぁー……ッ」

亀頭を強く吸いながら、後孔を弄る指を二本に増やした時に発せられた声は、長く尾を引いた。それだけでは飽きたらず、三巳は尻尾にまで触手を伸ばす。

「あ、ひっ！」

感じすぎる尻尾を摑まれて、瀬嶋は身を捩らせる。尻尾を摑んだのと同時に、指で犯されている肉孔が、きゅうっと収斂《しゅうれん》した。

「や、ら、ゃ……め……ぇっ……！」

やだ、とも、だめ、とも聞き取れる、曖昧な拒絶だった。やはり尻尾は『特別』なのだろうと三巳は思った。乱れ方が、全然違う。

「あ、ひぃぃっ……！」

陰茎は口に銜え、肉孔に入れた指で中をまさぐりながら尻尾をしゅりしゅりとこすり上げると、瀬嶋は今まで一番、壮絶に身悶えた。背筋を仰け反らせ、突き上げたペニスをびくびくと震わせ、爪先は丸められ、痙攣を繰り返す。絶頂が近い証だろう。

「あンうぅっ！」

口の中で爆《は》ぜた白いものを、三巳は舌鼓を打って味わい、飲み干した。それでもまだ瀬嶋の勃起は止まらない。三巳にとっては、最高の状況だった。

舌で捏《こ》ねられ、指で弄り回された肉孔は、すっかり蕩け、クチュクチュと卑猥な音を奏でている。

時折指を誘いこむように、肉筒がきゅんと収縮する。

（もう……我慢できない……）

興奮に身を任せ、三巳は本能の赴くまま、瀬嶋の躰を貪った。膝裏を摑まれ、いきなり三巳にのし掛かられたことで、瀬嶋がほんの一瞬、我に返る。

「あ、ま、待て……ッ」

すっかり柔らかくなった尻孔に、若い雄蘂を押しつけられて、初めて瀬嶋が恐慌をあらわにする。が、三巳はその躰を掻き抱き、反論の隙を奪った。

「好きなんだ……あなたが……！」

「え……あ……？　あ、ンうぅっ！」

挿入は唐突で強引だった。大きな亀頭で肉孔の窄まりをずぐりと貫かれ、瀬嶋は三巳の背中に爪を立てる。腰を振って逃げることも叶わず、体重をかけて押さえこまれ、さらに深くまで瀬嶋は三巳の陰茎で犯された。

「あうぅっ！」

恐らく初めてのことに違いない侵犯に、瀬嶋の肉筒がわななき、千切れんばかりに陰茎を締めつける。きつすぎるその締めつけも、三巳にとっては痺れるほどの快楽だった。

「瀬嶋、さん……瀬嶋さん……っ！」

「ふ、太ぃっ……ひ、拡が、ちゃ……ア、ひぃっ！」

足をばたつかせる瀬嶋の抗議を押し切って、太い肉棒はぐいぐいと未開の粘膜を押し上げる。やがて根元まで押しこまれ、瀬嶋は「あぁ……」とあきらめたような声を漏らした。

「い、嫌、だ……ッ……お、おれ……」

男に犯されている、という現実に、少なからずショックを受けているのか。瀬嶋の顔は、泣きそうに歪んでいた。その顔が可哀想で可愛くて、かといってやめてやることもできず、三巳は謝罪のようなキスを瀬嶋の額に落とす。

瀬嶋の中は、最高だった。温かく、きつく、呼吸に合わせて三巳の肉杭《くい》を締め上げてくれる。三巳は初めて、セックスに溺れた。

陰毛がこすれあうほど密着した下腹を、三巳はやがて、そろりと浮かせた。

「少し……っ……動きます……」

「あ、だ、らめぇっ！」

せっかく馴染んできた肉棒が引き抜かれる感触に、瀬嶋が首を振る。ずろ……っ……といやらしい音と感触を瀬嶋に与えながら、三巳の陰茎は半分まで引き抜かれる。

「あァンぅっ！」

すぐに腰を打ちつけるように突き上げられて、瀬嶋の膝が震えた。打ちつけられた瞬間、瀬嶋のペニスもピュッと精液を噴いた。

「やっ、奥、奥ぅ……！　と、届い、て……ッ」

奥まで突かれるのが嫌なのかと察して、三巳は浅いところで亀頭を出し入れさせた。が、そうされることで瀬嶋は、余計に乱れた。

「いっ、アッ！　ひぃぃっ！」

三巳の、長大な肉杭が半分ほど引き抜かれ、小刻みに律動された時。瀬嶋の肉孔は、確かに激しく痙攣した。そこが前立腺なのだと知らぬまま、三巳は本能に任せてそこを狙い、腰を動かした。

「え、あ、ァアッ！　そ、それ、い、ぁっ、ひぅぅぅっ！」

突き上げるたびに、ピュッ、ピュッと瀬嶋のペニスから精液が飛ぶのが可愛くて、三巳は暫くそればかりを繰り返す。が、やがて彼自身にも余裕がなくなり、律動は再び深く、激しくなっていく。

「僕も……止まらない……っ」

まるで、発情期が『感染』したようだった。

「え、あぅ、や、あぁっ！」

ぐちゅっ、ずちゅっ、と粘膜が掻き回される音に混じって、皮膚と皮膚がぶつかりあう音までもがする。激しすぎるセックスに、瀬嶋は声を止められない。

「可愛い……可愛い……瀬嶋、さん……」

「んぅっ……」

睦言《むつごと》を囁きながら唇を重ね、三巳は瀬嶋の、尻尾をまさぐる。途端に、瀬嶋の反応が変わった。

「ひあぁ……っ……しっ、ぽ……ぉ……っ」

とろりと潤んだ瞳は、淫婦のそれだった。尻尾を摑まれると、自制心が効かなくなるのか。瀬嶋は、陥落した。

「ン……ッ……尻、尾……あァ……ッ……い、や、らあぁ……尻、ん、中……ッ……ちん、ぽ……い、いっぱ、ぃ、きて……っ……や、あぁ……っ」

脈絡に乏しい譫言《うわごと》は、ひどく猥褻《わいせつ》だった。瀬嶋は、快楽でどうしようもなくなっているのだろう。

すっかり四肢から力を抜き、三巳の雄蘂を尻孔で味わい始める。

最後に三巳は、瀬嶋の尻尾を彼の陰茎に巻き付け、しゅりしゅりとこすってやりながら思い切り瀬嶋の中に射精した。

「にゃうぅっ……！」

最高の絶頂に達した時瀬嶋は、艶っぽく猫のように啼いた。その顔はすっかり蕩け、潤んだ両眼からは涙が、開かれた唇からは涎が溢れていた。上気した頬は紅く、吐息は甘い。

「気持、ち、いぃ……」

最後に瀬嶋からキスを求められ、三巳は幸せの絶頂にいた。生まれて初めて、身も心も満たされた瞬間だった。

5

寝返りをうつと、柔らかな毛並みが手に触れた。ああ、あの人だ。そう信じて三巳は、目を閉じたままその毛並みに頬擦りをする。柔らかく、ふかふかした素晴らしい感触だった。

（瀬嶋さん……）

夢うつつの中で、三巳は瀬嶋の名を呼ぼうとした。が、それは声にはならなかった。

（好きです、瀬嶋さん……）

いつの間にか、こんなにも好きになっていた。いつからなのか、自覚もないまま恋に落ちていた。そのことについて、三巳は戸惑いを禁じ得ない。

瀬嶋の躰を抱きすくめようとして両腕を伸ばすと、迷惑そうな声がした。

「ンナァ」

（瀬嶋さん……）

その声があからさまに不機嫌そうだったから、三巳は目を閉じたまま傷ついた。

迷惑ですか？　僕が貴方を愛したことは、重たいですか？　そう尋ねようと、重い瞼をやっとの思いで開いた三巳の眸に映ったのは、猫の尻だった。

一瞬、自分が何をしているのか忘れて、三巳は呆然と虎縞の尻を見つめた。「しっかりしろ、目を覚ませ」と言うように、虎縞の尻尾がぴたんと三巳の頬を打った。

「………おまえか」

半開きの目で三巳は、自分に尻を向けている仔猫を見つめる。三巳がやっと目を覚ましたのを知ると、仔猫はもう一度「ンナァ」と鳴いた。「おなかがすいた」と言っているように、三巳には聞こえた。

三巳は起き上がり、キッチンへ向かう。が、リビングルームの所定の位置に置かれている猫用の皿には、すでにドライフードが盛られていた。瀬嶋の仕業だろう。

「エサ、あるじゃないか」

三巳がそう責めると、仔猫は尻尾をピンと立て、床に積み上げられている缶詰にすりすりと額をこすりつける。おお、賢い、と三巳は感動した。感動のあまり、猫缶を開けてしまっていた。

「瀬嶋さんには内緒だぞ」

猫が喋るはずもないのに、三巳はそう口止めして缶詰を食べさせた。瀬嶋は、三巳に比べれば猫の健康管理に厳しく、缶詰はあまり食べさせないのだ。

(さすがはミツワンの統括責任者だな)

瀬嶋のそういうところを、三巳は尊敬した。人を尊敬するのは、何年ぶりだろうかと三巳は懐古した。

（僕は、獣医になりたかったんだ）

三巳は、舌平目のムースに舌鼓を打つ仔猫の尻を撫でた。この缶詰も、ミツワンが開発したものだ。よほど美味なのだろう。あっという間に食べ終えて、仔猫はおかわりを前足で要求した。いくら猫に甘い三巳でも、さすがにこれ以上は食べさせない。仔猫の腹は満腹でぷっくりと膨れている。

三巳は小学生の頃、川に落ちて溺れかけている猫を拾い連れ帰ったことがあった。が、厳格な父は、汚いから捨ててこいと言って、家にあげてくれなかった。ずぶ濡れで痩せこけた猫を捨てればどうなるか、三巳にも容易に想像できた。

庇《かば》ってくれる母はすでに亡かった。三巳は猫を抱いて、とぼとぼと夜道を歩いた。その時、世界中が敵に見えた。

思い余った三巳は、こっそりと自宅に舞い戻って包丁を持ち出し、一番近所にあった動物病院のドアを叩いた。脅して治療をさせようと画策したのである。

古い民家を改築して開かれた動物病院は、夜遅くまで灯りがついていた。夜の十時に、暗い顔をして汚れた服を着て、さらに汚れた猫を抱いてやって来た子供を、獣医は笑顔で招じ入れた。今にして思えば、ずいぶんと不用心な獣医だったと三巳は思う。

のみならず、獣医は猫を見ると何も言わずに治療をした。三巳は、動物病院を訪れるのは初めてだったから、治療費は後払いであるということを知らなかった。まさか、タダで治療をしてくれるつもりなのだろうか。否、そんなうまい話があるわけがない。きっとこのあとに、高額な治療費を請求されるのだろうと、小さな三已は身を固くして待った。治療は一回で済むのだろうか。一回で済まない場合はどうするか。『脅し』という方法が使えるのは、一度きりだ。一度目で通報されるに決まっている。薬だけでも強奪して、逃げるか。

　治療が終わるまで、三已は包丁を背中に隠し持って待った。獣医は猫の治療を終えると、三已に告げた。

『治療費は、三十円。あとでいいよ』

　獣医の言葉に、三已は目を瞬かせた。三十円、と確かに彼は言ったように聞こえたが、小学生の経済観念を以《もっ》てしても、それは不当に安すぎた。三千円ならばわかるけれど、と悩む三已に、獣医は続けた。

『もし三十円が払えないなら、その包丁、もらっていいかい。ちょうどうちの包丁が錆《さ》びていて、買い換えようと思ってたんだ』

『………』

　三已の警戒はさらに強まった。獣医は、甘言を弄して三已から武器を奪おうとしているのだと思った。しかし、本来の目的である猫の治療は終わった。こいつも一応獣医なのだから、自分が補導されたあとも、もしかしたら猫の面倒を見てくれるかもしれない。そういう『甘い望み』に縋《すが》るしかなくて、三已は緊張に上擦った声で言った。

『……包丁を渡したら、猫を助けてくれる？』

『そりゃ助けるよ。獣医だもの』

獣医は、即答した。三已はそっと包丁を差し出し、踵を返して駆け出した。獣医は追っては来なかった。それが当時の三已が猫に対してできる、最大限のことだった。

補導されたあと、少しして自由がきくようになったら人権派の弁護士を探し出して身の上話でもして、告発本を書こう。自分の親は巨大企業のオーナー社長で有名人だから、児童虐待の告発本なんかを出されたら困るだろう。それをネタに脅して金を出させて、早めに独立しよう。そうしたら次は、自力で猫を助けられる。そんなことを考えながら三已は官憲がやって来るのを待ったが、一ヵ月が過ぎても警察はやって来なかった。

二ヵ月を過ぎた頃、三已は何やら胸騒ぎがして、ずっと避けて通っていた動物病院への道を辿った。が、そこにはもう、動物病院は存在しておらず、土地は更地になっていた。

近所で聞き込みをしてみると、獣医は廃業していた。経営不振が理由だという。隣の家の老夫婦は、苦笑に交えて三已に教えた。

『あの獣医さん、お人好しだったからねえ』

自分があの動物病院を潰したのだと、その時三已は信じた。あながち、間違ってはいない。治療費を払えない子供の言うことなんて聞き続けたら、いずれ経営は成り立たなくなる。

少しして、三巳の家に葉書が届いた。葉書には、三巳が拾った猫の写真が印刷されていた。差出人はあの獣医だった。猫は、近所の金持ちの家にもらわれていったらしい。獣医のほうは、開業した医院を維持できず、大学病院の勤務医に逆戻りしていた。

警察が来るのを待つ二ヵ月の間、三巳は生まれて初めて、将来について考えた。補導歴ぐらいで大して人生は狂わないだろうから、自由の身になったら、獣医を目指そうと考えていた。しかし、その夢を三巳は捨てた。

結局、獣医になっても、本当に救うべき命は助けられないと知ったのだ。だったらひたすら金を稼いで、金で命を買うほうが合理的だと三巳は理解した。だから、父親が脳梗塞で倒れた時を見計らい、半ば乗っ取るような形で会社を継いだ。数千億を誇る三巳総合物産の資産を、みすみす他人や愛人の子にくれてやることはないと思った。

目を閉じると、瞼の裏にあの獣医の顔を思い浮かべることが、今でもできる。

三巳はやっと気づいた。その面差しは、瀬嶋に少し、似ていた。

回想を終えて、三巳はリビングの机に向かう。昨日と同じ場所に、同じ字で書かれたメモが残されていた。

『先に会社へ行く』

ケモラブ。

（またか……）

また置いて行かれたのだと、三巳は僅《わず》かに落胆した。昨日もそうだった。瀬嶋は、三巳の目覚めを待たずにそそくさと出社してしまう。そんなに急ぐ必要がないにも拘わらず、だ。

（そんなに気まずいのだろうか）

あんなことをした翌朝だから、気まずく思うのはわかる。けれど、二度目だ。そろそろ慣れてくれてもいいんじゃないかと三巳は思う。

（それとも僕と、顔を合わせたくないのか）

もしそうだったらと考えると、三巳の心臓は不穏な痛みを発した。

（早く……元に、戻してやらないとな）

どのみちこのままではいられない。

『俺、猫になりたくない』

瀬嶋は確かにそう言った。ならば彼を元の人間に戻す方法を、なんとか見つけ出さないといけない。

男とセックスをして進行が止まる、というのは、対処療法に過ぎないのだから。

三巳はなんだか重い体を奮い立たせて、出社の準備を整えた。

ケモラブ。

◆◇◆

喫緊《きっきん》の要件を差し置いて、三巳は社に着くなり、アメリカのプレシャスフーズ開発室に電話を入れた。時差はこの際、関係なかった。研究員を呼びつけさせ、瀬嶋の身に起こったことを一通り説明し、「一刻も早く解毒剤を作り出せ！」と発破《はっぱ》をかけて電話を切る。三巳らしからぬ熱い行動だった。熱くなりすぎて、三巳は相手が合理主義的なアメリカ人であることをうっかり失念していた。アメリカ人に限らず、全世界で使える究極魔法を使わずしてなんとする、と三巳はもう一度電話をかけた。

「追伸だ。一番早く解毒剤を開発した者には、百万ドルの報奨金を出すと全研究員に伝えろ」

電話を切って、三巳は大きくため息をついた。最初からこうすればよかったのになんとなくそれを避けていたのは、多分、三巳は、心の奥底では瀬嶋に猫になって欲しかったからだ。

猫になってくれたら、ずっと一緒にいられるから。

（……許されるわけがないな。そんなこと）

やるべきことを終えると、三巳は通常の仕事に戻った。ここ数日、私生活が立てこんでいたから（九十九％瀬嶋のことで）、流石に仕事が溜まっていた。黙々と仕事を片づけ、人と会う合間に、三巳は秘書に指示を出し、子会社にいる瀬嶋にマンションの鍵を届けさせた。なぜそれを昨日のうちに渡さなかったかといえば、二人が二人とも、平静ではなかったからである。

（今日は遅くなりそうだ）

終わらない仕事に三已がうんざりし始めたのは、夜もとっぷりと暮れてからだった。日付が変わる頃には空腹を覚え、ケータリングで夕食を届けさせた。いつもはパンなどで軽く済ませてしまう三已が、まともなケータリングを利用したことに、秘書は驚いた。

しかし、温かい肉料理も、一人で食べたのでは少しも美味しくなかった。今までと同じ、砂を噛むような食事だ。同じメニューを瀬嶋と一緒に食べた時は、あんなに美味しく感じたことが三已には不思議だった。

時計の針が午前一時を回る頃、内線電話が鳴った。屋上の警備担当者からだった。

『失礼します。プレシャスフーズ社長、ロバート・フレデリック氏の部下を名乗る研究員が、屋上へリポートの使用許可を願い出ています。セキュリティカードで本人確認は済みました。如何《いかが》なさいますか』

「許可する」

三已が内線電話を切ってすぐに、喧《やかま》しいヘリコプターの爆音が響いた。それから五分も経たずに社長室に駆けこんできたのは、確かにアメリカ支社の研究員だった。流暢《りゅうちょう》な日本語で彼は叫んだ。

「ミスターミツイ！　やりました！」

「もう開発したのか？」

いくらなんでも早すぎないかと三巳は訝しんだが、研究員はアメリカから軍用機で成田《なりた》まで飛び、そこからヘリをチャーターして都内のここまでやって来たらしい。それなら最短時間で来られるが、問題は交通にかかる所要時間ではない。肝要なのは、それが本当に瀬嶋を治す治療薬であるかどうかだ。

斯くして研究員は、アメリカ人らしく堂々とポジティブにそれを鞄《かばん》から取り出した。

「ミスターミツイは大変な獣姦好きと聞きますた！　猫もよろしいが、もっと小さな、可愛い生き物どうでしょう!?　ハムスターとか！」

百万ドルに目が眩《くら》んだ研究員の日本語は、少し壊れていた。そんな『水曜どうでしょう』みたいに言われても、と三巳は眉間の皺を深くした。それより何より問いただしたいのは、一体どのあたりから伝言ゲームが発生し、どこの誰が破綻させて、自分は獣姦好きの汚名を着せられたのか。もしかしてこれも藤井元村の陰謀か。しかし今の三巳には、そういう重大事項よりも先に追及しなければいけない事がある。

「……ハムスターとは、なんだ」

「キヌゲネズミ亜科に属する齧歯《げっし》類、大好きなのはヒマワリの種です」

「そういうことを聞いてるんじゃない！」

流暢な日本語で答えられて、三巳は怒りを抑えきれず、机を叩いた。

研究員が、軍用機とヘリをチャーターして（百万ドル欲しさに）献上しに来た薬は、瀬嶋の猫化を止める薬ではなかった。研究員が差し出した瓶のラベルには、可愛らしいジャンガリアンハムスターの写真が印刷されていた。

次はハムスターになれというのか。一体誰があの人に、そんな残酷な試練を与えられるのかと、三巳は憤懣《ふんまん》に身を震わせた。

（いや、可愛いけれど。あの人はきっとハムスターになっても可愛いけれど……！）

別にハムスターに罪はない。が、猫とハムスターを一緒に飼うのは、あまりにもリスキーだ。ハムスターが狩られてしまうだろう。三巳が究極のところ気にしているのは、そこだった。

「帰れ。アイダホ州に帰って芋でも育ててろ」

研究員の出身地がアイダホ州であることを、三巳はしっかりと記憶していた。しょんぼりと肩を落として帰る研究員を、三巳は急に引き留めた。

「いや、待て。やはりその薬、置いていけ。報奨金も十万ドル出そう」

三巳の提案に、アイダホ州出身の研究員の目がきらりと輝いた。

「えっ、やっぱりミスターミツイは獣姦が……」

「違う。黙って置いて帰れ」

「聖書の教えでは獣姦は禁じられて……」

「黙って帰れ！」

もう説明するのも面倒で、三巳は研究員から薬の瓶を引ったくり、部屋から追い出した。

（こんな物でも、何かの役には立つかもしれない）

三巳は奪い取ったアンプルを、スーツの内ポケットに仕舞った。自社研究員の技術力の高さには三巳も驚いたが、さらに驚いたのは、その技術力にはまったく実用性がないという現実に対してだった。

◆◇◆

一刻も早く瀬嶋に会いたくて、三巳はその夜も帰路を急いだ。都内の道はいつも混雑しているから、本当に急いでいる時に帰宅するなら走ったほうが早い。だから三巳は、その日は車を使わなかった。

(まさか、出て行くなんて言わないよな……?)

部屋に戻れば、瀬嶋がいるはずだ。というか、いてもらわないと困る。何が困るかというと、三巳の精神の在り様が困る。

(他の男と、セックスするなんて、言わないよな……!?)

都会の雑踏を駆け抜ける三巳を、通行人が時折、怪訝そうに振り返る。

もうセックスフレンドでもなんでもいいから、三巳は瀬嶋のそばにいたかった。そういう本音を隠すために、何か別の口上を考えないといけない。

三巳の頭の中は、瀬嶋のことでいっぱいだ。

走ること五分、ようやく三巳は自宅のあるマンションの広大な敷地に辿り着いた。いつもは車を使っているから気にならないその広さと距離も、今はもどかしく感じられる。

瀬嶋と暮らすなら、四畳半一間がいいと三巳は思った。そうしたらいつでも瀬嶋を見ていられる。

うっかり間違えたふりをして、肩や腕に触れられる確率だって、今の三百平米を超える自宅マンションよりはずっと高いだろう。一部屋しかないなら、ナマ着替えだって見放題のはずだ。

(四畳半一間って、テレビでしか見たことがないけど、いいかもしれない)

買うか。四畳半一間の物件を。

三巳が本気で考え始めた頃、やっとマンションの灯りが見えてくる。以前はなんとも思わなかったその橙色の灯りが、今の三巳の目にはとても暖かく感じられた。バベルの塔のように冷たく聳える箱の中に、瀬嶋と仔猫がいる。それだけで三巳には充分すぎるほどの幸せだった。

目的地が見えたから、ようやく三巳は歩を緩めた。全力で疾走したため、息が上がっている。少し呼吸を整えてから部屋に入ろうと、ゆっくり歩き始めた三巳の背中に、突如聞き慣れた声が飛んだ。それは警告だった。

「伏せろ！」

「……!?」

それは確かに、瀬嶋の声だった。瀬嶋の声を聞き間違えることなど、三巳にはあり得ない。振り向くことさえせず、三巳は言われるままその場に伏せた。

目の前で、土埃が舞った。

パシュ、と乾いた音が暗闇で微かにした。その音を、三巳は知っている。消音器《サイレンサー》つきの銃が放つ音だ。それに、瀬嶋の呻き声が重なる。

反射的に三巳は立ち上がり、振り向いた。

「瀬嶋さん！」

背後の茂みから、黒い人影が飛び出すのが三巳の目に映った。その後ろに、片膝をついた瀬嶋の姿がある。三巳は迷わず、瀬嶋に駆け寄った。

瀬嶋は地べたに膝をつき、右腕を押さえている。三巳はその肩を抱き寄せた。

「撃たれたんですか!?」

「大したこと、ねぇよ……」

そう答える瀬嶋の顔色は、夜目にも蒼白《そうはく》で、額には脂汗が滲んでいる。三巳の心臓は、ぎゅっと縮み上がった。

「傷を見せてください！」

「別に、平気だって！」

やけに意固地になって、瀬嶋は傷を見せようとはしない。極限に達した憂慮が、三巳に本音をぶちまけさせた。

「貴方が死んだら、僕は生きていけない！」

それを聞いた途端、瀬嶋は目を見開いて、暫し固まった。それからぱっと視線を下に逸らし、紅くなった。

「べ、別にッ……ほんとに、大したこと、ねぇんだぞ……」

三巳の剣幕に押されたのか、瀬嶋は渋々、手で覆い隠していた腕を見せた。くたびれたスーツに覆われた腕に、血は滲んでいない。傷らしきものは確かになかった。が、傷よりも三巳を慌てさせるものがそこにあった。

瀬嶋の腕に刺さっていた『それ』は、瀬嶋が手を離した途端、ぽとりと地面に落ちた。三巳の目を引いたのは、むしろそちらのほうだった。

（このマークは……？）

心もとない街灯の灯りを頼りに、三巳はそれを確かめる。見覚えのあるアンプルの先には、針がついていた。吹き矢によく似た構造だ。放たれたのはきっと、銃弾ではなくこれだろう。

アンプルの側面に、猫のマークを見つけたことで、三巳の顔面はサッと青ざめた。

「……これ……」

「あ〜……」

瀬嶋は、三巳に心配をかけまいとしているのか。頭を掻き、態《わざ》と軽い口調で言うのだった。

「まあ、平気じゃねえ？　俺、もともとこのウィルスだかなんだかに、感染してるんだし」

「そんな……！」

得体の知れないウィルスを二度も投与されて、平気なわけがない。三巳は途方に暮れた。こんなことをする人物に心当たりは一人しかない。藤井元村である。

「くそッ……！」

三巳は悔しさに唇を噛みしめ、地面を強く拳で殴った。瀬嶋が、困ったような顔をしてそれを止める。

「おい、怪我するぞ」

叩き付けられた三巳の拳を優しく包んで、その擦り切れた部分をぺろりと舐めたあと。

瀬嶋は、優しく微笑んだ。

「打たれたのがおまえじゃなくて、よかったよ」

「………！」

三巳は胸が詰まる。結婚してください、と喉まで出かかった言葉を必死で呑みこむ。辛抱堪らず抱きしめようとするが、それはすんでのところでかわされた。

(抱きしめさせては、くれないんですね)

あんなに激しく求め合ったのに、こういう時は抱かせてくれない。そういう瀬嶋を、三巳は少し、恨んだ。

無理矢理話を変えるように、瀬嶋が言った。

「部屋、帰ろうぜ。かいこが待ってるだろ」

「かいこ……？」

なんですかそれは、と三巳が首を傾げると、なんだか妙に偉そうに瀬嶋が答えた。

「ん？　猫の名前。いつまでも名無しじゃ可哀想だろ」

「はあ……」

だからって何もそんな、絹糸を吐きそうな名前にしなくてもいいのに、と三巳は呆れた。或いはリストラを思い起こさせるような、サラリーマンにとって一番嫌な響きの名前にしなくても、と考えた後、「あっ」と三巳は思い至る。

（櫂司……だから、かいこ？）

あの虎縞猫は、股間を確かめたら雌だった。雌猫に、瀬嶋は自分の名前に似せて名付けたのか。そう考えると、俄然興奮する三巳だった。

（いい。素晴らしい名前だ）

名付けの由来に気づいた途端、三巳の価値観は百八十度回転した。

二人で部屋に向かう道すがら、三巳はもう一つ、大事なことに気づいた。

（もしかして、僕が危ないと思って、見張っていてくれた……？）

そうとしか思えないタイミングで、今、瀬嶋は自分を救ってくれたのだ。そう考えると三巳の目には、先を行く瀬嶋の丸まった背中が妙に頼もしく映る。

（落ち着きがないように見えても、年上なんだよな、この人）

次は自分が、自分こそがこの人を守りたい。三巳は強くそう願った。願わくば、次だけではなく、一生。


玄関に着くなり、三巳は瀬嶋に、手首を摑まれた。えっ、と驚きに目を丸くしていると、そのまま寝室のほうへ引っ張っていかれる。まさか瀬嶋ほうから『そんなこと』をしてくれるとは思ってもみなかったから、三巳は面食らった。

「……ごめん」

大きな窓から差しこむ、ネオンの灯りだけを頼りに、三巳は瀬嶋の表情を確かめる。なぜだか瀬嶋は謝罪しながら、三巳の股間をまさぐってきた。

「せ、瀬嶋、さん……？」

「俺、もう、我慢……でき、ね……」

切羽詰まったような上擦った声で、瀬嶋がそう言って見上げてくる。その眸は熱く潤んでいた。瀬嶋の腰を抱く三巳の手にも、知らずに汗が滲む。

もしかして、と三巳は考えた。

（さっき打たれた、アンプルのせいか……？）

この急激な瀬嶋の変化は、さっき打たれたアンプルのせいで、猫化が進んだ証だろうか。もしそうなら、喜んでいる場合ではない。瀬嶋がどんどん猫に近づいていってしまっているという逼迫《ひっぱく》した事態だ。

けれど、それを止めるのもこの『行為』で。

ならば瀬嶋の誘惑に応えるのに、躊躇いや罪悪感を抱く必要はないはずだと三巳は自分に言い訳した。瀬嶋に触れられれば、三巳ももう止まらなかった。猫のような発情期はなくても、三巳はまだ十二分《ぶん》に若かった。

シャワーも浴びずにベッドに転がり、深く唇を貪りあう。瀬嶋の行為は積極的だった。体勢を反転させ、三巳の上に跨《また》がり、三巳の服を瀬嶋が脱がせていく。

「ん……」

猫特有の、ざらざらとした舌が、三巳の肌に触れる。首筋や耳をぺろぺろと舐められ、くすぐったさに三巳は肩を竦める。

胸板や背筋を、瀬嶋の手と舌が這う。乳首に歯を立てられて、三巳はぞくりと背筋を粟《あわ》立たせた。

胸板を覆う胸筋を撫でながら、瀬嶋が呟いた。

「筋肉、結構、すげぇのな……」

「鍛えて、ますから……」

答える三巳の息も荒い。

瀬嶋は、待ちきれないとでもいうように三巳のベルトを外し、ズボンを下ろさせた。

「わ……っ」

下着を下ろした途端、三巳の勃起は激しく反り返り、瀬嶋の頬に当たった。瀬嶋がそれに驚き、少し顎を引く。自分の勃起が激しすぎることを、三巳は恥じた。

「す、すみません」

「ん……いい、よ……」

瀬嶋は、太く長いそれに手を添え、唇を舐めた。嫌がっている素振りはない。それどころか、若い牡の有り様に興奮を高めたようだった。

「これ、いい……」

うっとりと囁くように言って、瀬嶋は三巳の屹立に頬擦りをしてくれた。それからそっと亀頭に、唇を押し当ててくる。淫婦の如きその仕草に、三巳の興奮も激しさを増す。

(うわっ……舌が……っ)

敏感な亀頭に、ざらりとした感触が当たる。瀬嶋の舌は、猫さながらにざらついていた。昨日もそ

うだったが、きっとまた、さらに猫化が進んだのだろう。三巳のペニスを傷つけないように、瀬嶋はずいぶん気を遣っているようだった。

「痛く、ねぇ……？」

「い、いえ……」

答えながら三巳は深く息を吐く。ほんの少しの痛みは、むしろいい刺激になった。ざらざらとした舌は人間離れしていて、堪らなく気持ちいい。三巳が初めて体験する快感だ。

瀬嶋のフェラチオは、不器用ながらも丁寧だった。付け根から亀頭までをねっとりと舐め上げ、張り詰めた裏筋にも吸いついてくれる。尖らせた舌先で射精口を擽り、沁《し》み出てくる先走りの蜜を音を立てて啜る。

「せ、瀬嶋、さん……っ」

達しそうになって三巳は、瀬嶋の髪を掴んで揺すった。口を外させて、ティッシュに出そうとしたのだ。

しかし瀬嶋は、軽くかぶりを振り、それを拒否した。

「……ん」

ペニスを銜えたまま、上目遣いで見上げられ、三巳の心臓が跳ねる。瀬嶋は、三巳の目を見ながら、ちゅうっと強く亀頭に吸いついた。

「うぁッ……」

　堪らず三巳は、瀬嶋の口に射精した。女よりもゆとりのある口腔は、勃起を熱く包み、締めつけ、絶妙の強さで吸い上げる。昨日あんなに出したのに、三巳のそこはすでに大量の熱情を溜め込んでいた。

（飲んで……くれている……）

　瀬嶋が、ごくんと喉を鳴らしているのを見て、三巳はかつてない充足感に包まれた。腰が痺れそうな快感が、いつまでもやまない。

　一度達しても、三巳のペニスは半勃ちのままだった。瀬嶋はさらにそれを煽るように、濡れた勃起をぬちぬちと手でしごき、あっという間に復活させた。

「口、見せて……」

　手と口での愛撫を続ける瀬嶋の顎に、三巳はそっと指を添える。瀬嶋は、その要望は拒否した。恥ずかしそうに手の甲で口を拭い、精液を飲んだ跡を隠そうとする。その恥じらう仕草も、三巳には好ましかった。

（可愛い……瀬嶋さん……）

　心で呟いて、三巳は瀬嶋を自分の膝に引き寄せる。

　あ、と瀬嶋が戸惑いをあらわにした。

三巳は、瀬嶋をベッドに這わせて、自分の上に抱え上げ、逆向きに顔を跨ぐような体勢を取らせたのだ。

「う……ン……ッ」

瀬嶋は最初、ほんの少しだけ恥じらい、拒否するような素振りを見せたが、三巳に尻尾を摑まれた途端、ふにゃりと力が抜けたようになった。

「そ、れ……ずり、ぃ……ッ」

狡《ずる》い、と瀬嶋は抗議したようだったが、三巳は聞き入れなかった。

「あ、あぁーッ……」

尻尾をこすられながら亀頭を口に含まれて、瀬嶋の口から、長く熱い息が零れる。引き締まった尻肉が、きゅっと窄まり、打ち震える。

力の入らない瀬嶋の腰を手で支え、三巳はゆっくりと瀬嶋の性器を貪った。逆さ向きに顔を跨がせると、瀬嶋のペニスはちょうど三巳の口元に運ばれる。実る果実を味わうように、三巳はその先端を舐め啜り、空いているほうの手でコリコリと裏筋をこする。

「く、ふぅっ……」

甘ったるい嬌声とともに、瀬嶋は三巳の口に大量の白濁液を放出した。心なしか、瀬嶋のそれは三巳の舌には甘く感じられた。これも猫化の影響だろうかと、三巳は不思議に思う。

射精しているペニスをさらに舐められて、瀬嶋は蕩けきっているのだろう。その隙に、三巳は尻の割れ目をまさぐり、その真ん中の窄まりを指で穿《うが》った。

「あ、ゃ……ッ」

精液で濡れた指は、案外容易くきつい肉孔を貫通した。

昨日は、ここに自分の雄蘂を入れたのだ。

そのことを思い出すだけで、三巳の陰茎も硬さを増す。後ろを弄られながらも、瀬嶋がフェラチオを続けてくれるのも三巳には嬉しかった。

(ここは、まだそんなに感じない……？)

瀬嶋のそこは、中指を銜えてひくひくと収斂を繰り返していた。痛みは感じていなさそうだが、かといって快感を得ているという確証もない。

三巳は瀬嶋のそこを、徹底的に自分のものにしたかった。

三巳は、瀬嶋の尻尾を口に含み、たっぷりと唾液で濡らした。そして。

「えっ……あ……？」

三巳の行動に気づいた瀬嶋の背筋が、ぐっと撓った。次の瞬間、瀬嶋の口から、かつてないほど甲高い嬌声が漏れる。

「ひ、にゃぅぅっ！」

濡れた尻尾が、瀬嶋の肉孔の中へ押しこまれる。細かく密集した猫毛で、敏感な肉孔の中をこすられて、瀬嶋は刮目《かつもく》し、激しく躰を痙攣させた。

「や、ら、めぇぇっ……！　し、しっ、ぽ、が……あァッ……！」

「尻尾じゃなくて、中は……？」

肉孔の中の様子が知りたくて、三巳は尻尾に沿わせて指を入れた。ぐぢゅ、と卑猥な音が、肉孔から漏れる。

感じすぎる尻尾を自らの孔に入れられて、瀬嶋は錯乱に近いほど乱れた。シーツに爪を立て、髪を振り立てる。

「し、痺れ……ッ……お、俺、変に、なっ、ちゃ、うあぁぁっ！」

（すごい、びくびく震えてる……）

自らの尻尾に犯されている瀬嶋の肉筒は、きゅんと強く縮こまったかと思うと不意に緩く口を開け、まるで男を誘うような蠢《うごめ》きを見せる。

三巳は飽くことなく、瀬嶋の蜜孔を弄った。尻尾と指で犯されて、瀬嶋は射精口までもをヒクつかせていた。

「あ、ま、また、き、ちゃ……アァッ！」

「まだ、待って」

三巳はそう告げて、瀬嶋のペニスの先を指で塞ぐ。それから瀬嶋の躰を反転させて、ベッドに這わせた。

腰を摑まれ、尻だけを高く掲げさせられ、瀬嶋ははっと身を固くする。

「う、ふ……ッ!?」

「このまま……挿《い》れさせて」

熱っぽく、甘くねだる口調で三巳は言った。

限界まで膨らんだ肉棒が、尻尾を銜えこんでいる恥孔に迫る。太い亀頭が、ぬぐりと瀬嶋の蕾に刺さった。

「あ、ま、待っ、て、それ、そ、れ、やば、ぃ……い、ううぅっ!」

瀬嶋が腰を振って逃げようとするのを、三巳は抱きかかえて押さえた。ずぬぬ……と肉棒が、瀬嶋の中へ沈んでいく。

狭い肉筒の中で、尻尾と、三巳の陰茎が密着する。

「ひッ……く、うぅ、あァ……ッ!」

獣のように背後から犯されながら、瀬嶋は四肢を突っ張らせた。

首は限界まで仰け反り、目は見開かれたまま閉じられない。唇の端からは、飲みこむのが間に合わないのか涎が溢れている。

「ああ……すご、い……っ」

三巳もまた、感嘆に震えていた。瀬嶋の肉孔の中で、自身のペニスに尻尾の毛がまとわりついてくる。ただでさえ狭い孔はさらに狭く、みっちりと陰茎を包みこんでくれる。

気がつくと瀬嶋は射精していた。シーツに向かってどくどくと、壊れた蛇口のように精液を漏らしていた。

「瀬嶋さんも……いい、ですか……？」

「や、ら、めぇぇっ……！　も、もおぉっ……」

髪を撫で、耳にキスしながら聞いても、瀬嶋は確たる言葉を発しなかった。ただ、呆《ほう》けたように意味のない言葉しか発さない。

一旦根元まで突き入れると、三巳は瀬嶋の尻に両手を置き、激しい律動を開始した。

「あぐぅっ！　ン、ああうぅっ！」

ぱちゅっ、と、皮膚がぶつかりあう音に混じって、粘膜がこすれあう音がする。ただの濡れた音ではなく、時折、じょり、と毛がこすられる音も奏でられた。

「あ、ァ、も、もうっ、や、それ、……ひッ……あぁうぅっ！」

二度目の絶頂が、瀬嶋を襲う。尻孔の中の蠢きも激しさを増した。

「くッ……」

つられて三巳も射精しそうになり、慌てて奥歯を噛みしめ、耐える。まだ、達したくなかった。瀬嶋の中を、もっと味わっていたかった。

が、瀬嶋のほうの箍《たが》が、先に外れた。瀬嶋は、発情した雌猫のように自ら尻をこすりつけてきた。

「う、ぁっ……」

「く、ふうぅっ……！」

円を描くように腰を回され、思わぬ刺激に三巳が呻く。不意打ちで瀬嶋は、今度は前後に腰を振り、尻孔に突き入れられたものをじゅぷじゅぷと出し入れさせた。手練《てだ》れの淫売のようなそのやり方に、三巳は陥落寸前まで追い詰められた。

それでもまだ三巳が射精しないことに、瀬嶋が焦れた。

「み、みつ、ぃっ……」

初めて瀬嶋に名前を呼ばれて、三巳は一瞬、視線と心を奪われた。

瀬嶋は、自らの両手で尻肉を割り拡げ、結合部分をあらわにし、この上なく淫猥なことをねだった。

「も、もぉ、してッ……おち、ん〇、みるく、出し、てぇっ……！」

「瀬嶋、さん……っ」

これにはとても抗えなくて、三巳は最後に、激しく腰を打ちつけた。尻尾が、蕩けきった媚肉の中で揉みくちゃにされている。性感の塊のようなその器官が、同じく性感の塊であるペニスに絡みつく。

射精口の中まで細やかな毛で刺激されて、三巳は腰骨が溶けそうな遂精に耽《ふけ》った。

「う、あっ……！」

「あァッ、ンン、んぅっ！」

体内の奥深くに種付けをされて、瀬嶋は舌を出し、激しく胸郭を膨らませた。

「気持、ひ、いぃ……っ」

肉孔のヒクつきはいまだ収まらず、もっと、とねだるように三巳のそれに絡みつく。三巳は一旦引き抜いて、正常位で瀬嶋を抱き直した。

「ン、ひぃっ……！」

太い陰茎とともに、自分の尻尾も引き抜かれた時、瀬嶋は酷く艶っぽい声で啼いた。濡れそぼつ尻尾の毛で、内壁を刺激されたのが堪らなかったのだろう。
二、三度手でこするだけで、三巳の勃起は回復した。明らかに異常なペースだった。瀬嶋の躰は、催淫作用を持つ毒のようだ。
三巳が放った精液を漏らす紅い蕾に、じゅぶ、と再び陰茎が突き入れられる。

「あ、ンぅっ……」

深く唇を重ねながらの続きは、最高だった。何よりも瀬嶋の顔が見える。

「可愛い……可愛い……瀬嶋さん……おちんち○が、また、ヒクヒクしてる……」

「あァッひっ、ゥッ……！」

二人の下腹に挟まれた瀬嶋の陰茎は、三巳の指摘通り、もう吐き出すものがなくなってもヒクつくことをやめない。

「お尻の中も、トロトロになってる……女の子のあそこみたいだ……」

「い、ぁっ、も、そこ、や、らぁぁ……っ！」

瀬嶋が甘ったるい声で嫌と言った箇所を、三巳は自身の硬い亀頭でくちゅくちゅとこすった。もう尻尾の性感に頼らなくても、瀬嶋の肉孔はすっかり男の味を覚えているようだ。半勃ちの三巳のペニスは、適度な弾力で瀬嶋の前立腺を苛《いじ》めた。

「ここに、熱いの、かけてあげましょうか……」

「あッ、あ……ッ！」

それとわかる箇所に亀頭を押し当て、誘惑すると、瀬嶋はこくこくと頷いた。三巳は瀬嶋の肉孔の、一番感じる箇所に熱い精液を浴びせた。

「ひ、あァァッ……！」

瀬嶋は長く噎《むせ》んだあと、がくりと四肢を投げ出した。半ば失神しているようだった。虚脱している躰に尚も精液を注ぎ続けると、断続的に甘ったるい声を出す。

三巳は自身の精嚢《せいのう》が空になるまで、それを続けた。

6

翌日の朝、三巳は瀬嶋よりも早く起きて朝食の準備をした。そうしないと瀬嶋が、また自分を置いて先に出社してしまうと思ったからだ。

（二度も三度も、出し抜かれたくないからな）

卵を焼きながら、三巳は朝から妙に気合いに満ち溢れていた。比喩でなく、世界が光り輝いて見える。同じ空間、同じ室内に、猫がいる。一匹は『猫人間』だが、とにかく四分の一くらいは猫だ。しかも、喋る。その上なんだか、堪らなく可愛い。

（幸せだ……）

フライパンの上でオムレツを丸めながら、三巳は湧き上がる多幸感に打ち震えた。本物の猫こと『かいこ』には、起床してすぐに食事をさせた。ミツワン最高級のキャットフードを食べたあと、かいこは再び、部屋のどこかで二度寝するために消えた。

（部屋が広すぎるのと、部屋数が多すぎるのとで、猫が行方不明になるんだよな、このマンション）

オムレツの横にサラダを盛りつけつつ、三巳は真剣に引越を考え始めていた。いつでも瀬嶋と、猫の顔が見える部屋がいい。やっぱり昨日考えた四畳半が最強だろうかと、鼻歌を歌いながらコーヒーメーカーをセットしたその時、瀬嶋がベッドルームから起きてきた。

「んんん……腹、減った……」

スーツにエプロン姿のままで、三巳は振り向く。三巳の顔は、知らずに綻んでしまう。

「おはようございます。シャワーは？」

「ごはん～……先……」

「わかりました」

瀬嶋がダイニングテーブルの席につくとすぐに、三巳はコンチネンタルスタイルの朝食を並べる。

明日は和食、その次の日はおかゆにしようと、すでに一週間分のメニューが三巳の中で組み立てられていた。

（ああ……新婚みたいだ……）

自分が新妻の立ち位置であることも、三巳にとっては大した問題ではない。三巳は二人分の弁当まで作っていた。瀬嶋が起きてくる前に、二十四時間営業のスーパーまで車を走らせ、食材を仕入れたのだ。今までの人生の、『息をするのも面倒くさい感じ』は一体なんだったのか。自分でもよくわからない状態に三巳は陥っていた。

コーヒーを飲んで、やっと少し目が覚めたのか。瀬嶋は急に紅くなって、そわそわし始めた。瀬嶋にそうされると、三巳までなんだか昨夜のことを思い出して、落ち着かなくなる。

（う、伝染《うつ》る……）

照れとか恥ずかしさというのは空気感染するものなのだなと、三巳は初めて知った。照れ隠しのために、飲みたくもないコーヒーを三巳も飲む。

コーヒーを飲み干すと、瀬嶋が口を開いた。

「俺、今日、仕事休むわ」

「どうかしたんですか？」

驚いたせいで、三巳の頭から照れが吹っ飛んだ。瀬嶋は、言動は軽くても仕事ぶりだけは真面目だ。その瀬嶋が仕事を休むとは、ただ事ではないと三巳は顔色を変える。

身を乗り出してわけを尋ねる三巳に、瀬嶋は困ったように答えた。

「ああ、な……そろそろ本気で元に戻る方法を見つけないと、やばいかなって思ってさ」

「……あ」

急激に目が覚めたような気分になって、三巳は視線を落とす。あんまり幸せで、三巳はその瞬間まで、本気で忘れていた。

忘れていたかったのだ。

この『魔法』は、遠からず解かれねばならないということを。

（そう……だよな）

瀬嶋をちゃんと元の人間に戻してやろうと、自分でも決めたばかりだったのに。どうして人は、目の前の幸せに縋ろうとしてしまうのか。

自分の心のことなのに、三巳には不可解だった。移ろいやすいからこそ縋りたいのだとは、まだ自覚できなかったけれど。

視線を上げて、三巳は瀬嶋に微笑んで提案した。

「僕も、一緒に探します」

「え、いいよ。あんたはＣＥＯだろ。会社行けよ」

「あなただって子会社とはいえ社長でしょう」

「あ〜まあそうだけどな。でも、俺はほら」

瀬嶋はもじもじと、テーブルの上で指をこすりあわせる。

「会社、続くか、わかんねえじゃん？」

「……！」

あっ、と三巳は声をあげそうになった。そもそもミツワンを整理しようとしたのは、ＣＥＯである自分だ。役員会議で決まったこととはいえ、それに賛同したのは間違いない。それさえも記憶の彼方だったのだから、我ながらなんたる様かと三巳は恥ずかしくなった。

「そ、その件に、ついては……」

三巳が何かを言う前に、瀬嶋が元気よく立ち上がる。

「よしっ、この皿、片づけたら行ってくるわ」

「あ、皿はいいんです、食器洗浄機がありますから。それより、探すって言ってもあてはあるんですか」

慌てて三巳が引き留めると、瀬嶋はいつものように頰を掻いた。

「んん～……まあ、てきとーに」

あまりにも瀬嶋らしい、曖昧な言い方だったから、とてもじゃないがこのまま一人で行かせるなんてできないと三巳はいきり立つ。

「やっぱり僕も行きます。いいですね」

有無を言わせない口調でそう告げると、瀬嶋は少し迷った後に、こくりと小さく頷いた。

「……ん」

なんとも煮え切らない態度だったが、三巳はあえてそれを無視した。こうしている間にも、瀬嶋の『症状』は少しずつ進行しているはずだ。

（あ、でも、昨日あれだけのことをしたから、今は少し、進行が止まっているか……？）

確かめるように三巳は瀬嶋の、尻の辺りを覗いた。穴の空いたトランクスから、いつもの如くにょろりと尻尾がはみ出している。昨夜、その尻尾がどういうふうになったのかを思い出して、三巳は無意識に喉を鳴らしていた。

ただならぬ気配を察した瀬嶋が、くるりと尻尾を巻いて隠してしまう。

「尻尾ばっかり見んなっ」

「えーと……はい」

三巳はしょんぼりと肩を落とした。セクハラを指摘されたようで、やるせなかった。


外に出ると、冬の青空が広がっていた。空を見て、三巳は深く大きく息をする。こんなふうに自然に深く呼吸するのは、生まれて初めてのことのように思われた。瀬嶋が現れて以来、三巳の周囲では『初めて』のことばかりが起きる。

(背中は、案外広いんだな)

決して華奢《きゃしゃ》ではない瀬嶋の背中を、三巳はうっとりと眺めた。肩幅はあるが、腰は細い、理想的なプロポーションだ。あの細い腰を抱いてしたことを思い出すだけで、三巳は幸せな、それでいて不安定な、ざわざわとした気持ちに囚《とら》われる。

そんな三巳の邪念を振り払うかのように、瀬嶋は元気よく道の向こうを指さした。

「よし、行くぞ」


ケモラブ。

「まずはどこへ？」

自分の手から革の手袋を外して、三巳は瀬嶋の手にはめてやる。よく晴れてはいるが、空気は身を切るように冷たかった。

瀬嶋は右手だけ手袋をはめると、左手の分を三巳に突き返した。半分に分け合いたい、という意味だろう。瀬嶋の、そういう行動の一つ一つに、三巳は愛しさが募る。

『気配』を察したのか、不意打ちで抱きしめられないように、瀬嶋は三巳と少し距離を取って話した。

「会社の資料室だ」

「なんだ、結局会社に行くんですか。ていうか資料が見たいだけなら、部屋のパソコンで見られますよ。僕なら社内のどの端末にもアクセスできます」

こんな寒空の下に瀬嶋を放ちたくなくて、三巳は頻りに帰宅を勧める。が、瀬嶋が外に出たのにはそれ相応の理由があるらしかった。

「いや、もっと古い資料。多分、データベース化されてないやつ」

「そんな資料、ありましたっけ」

三巳総合物産の歴史は古いから、データベース化されていない資料があったとしても不思議はないが、その中に、今回の『猫化』について有用な資料が混じっているとは、三巳には思われなかった。

が、今のところ他に手がかりらしいものはない。諸悪の根元である藤井元村を締め上げることができれば手っ取り早いのだが、あの狡猾《こうかつ》な異母兄が、そのような隙を見せるはずもないだろう。ならば今は、瀬嶋の言う通りに行動してみるのも悪くないと三巳は結論付けた。

「そんなに古い資料なら、本社の資料室には保管されてませんよ。紙のデータは嵩張《かさば》りますからね。立川《たちかわ》支社の倉庫にまとめて保管されているはずです。行きますか」

「うん、行く」

答えて瀬嶋は、意気揚々と歩き出す。駅も何もない、幹線道路の逆側を目指して。

「え、ちょっと」

三巳が肩を摑み、瀬嶋を止めた。

「どこへ行くんです」

「ん？　駅。立川まで行くなら中央線だろ」

何を当たり前のことを聞くのかと、瀬嶋は進行方向を指さした。三巳は残念そうに目を伏せた。

「駅はそっちではありません。逆方向です」

「お、おおう、そうかっ。なんかそんな気もしてたんだー」

態とらしくそう言って、瀬嶋はくるりと踵を返し、今度はその逆方向に歩き始める。が、三巳はもともと、瀬嶋を歩かせるつもりはなかった。

「車を出しますから、地下駐車場に行きましょう」

「ほんとか？　悪ィな、助かるわー」

嬉しそうにそう言って、瀬嶋は今度は、マンションの庭園のほうへ歩き出す。庭園は広い。そちら側へ真っ直ぐ進むと、敷地の外へ出てしまう。

「あの」

「なんだよ？」

「地下駐車場は、そっちではないです。一旦マンションの中に戻って、エレベーターに乗らないと」

「あ、ああ、そうだっけ？」

明らかに、瀬嶋の笑顔が引きつり始める。一応彼なりに、羞恥は感じているようだ。今さら恥ずかしがらなくてもいいのにと、三巳は小さくため息をつく。

（この人は、酷い方向音痴なんだよな）

そもそも猫化した原因だって、アメリカの実験施設内で道に迷ったせいだと瀬嶋は言っていた。そんな瀬嶋のことを、三巳はますます放っておけなくなった。

（携帯のＧＰＳで追跡するのは、堂々と言ったら拒否されそうだ）

瀬嶋にだって成人男性としての矜持《きょうじ》があるだろうし、第一自分たちは、セックスはしたけれどつきあってはいない。そう考えると三巳は悲しくなったが、今はそんなことを思い悩んでいる場合ではないのだと気持ちを切り替える。

（これなら、いいだろう）

少し前から三巳は、瀬嶋の『方向音痴対策』について考え抜いてはいた。その結果三巳がこっそりと用意したのは、古式ゆかしい発信器だった。超小型だし、瀬嶋はスーツを一着しか持ってきていない『着たきり雀《すずめ》』だから、こっそりと襟の裏にでもつけておけば気づかれることもない。

「ゴミがついてますよ」

「お、サンキュー」

ゴミを取ってやるふりをして、三巳は発信器を瀬嶋の服につけた。これで瀬嶋が迷子になっても、いつでも迎えに行けると三巳は胸を撫で下ろす。

（迎えに行く時は、虫の報《しら》せだとかって言おう）

そうして運命とか宿命とやらを演出しよう。きっと瀬嶋は、深くは考えず、それを信じてくれるはずだ。

三巳は瀬嶋に対して、どんどん危険な妄想を抱くに至っていた。

◆◇◆

地下駐車場とディーラーの間を行き来するだけだったポルシェは、久しぶりに外気を浴びて、心なしか嬉しそうだった。三巳の運転で立川支社に向かい、二人は資料を漁《あさ》った。突然のCEO来訪に、立川支社の空気は凍りついたが、三巳は気にしない。瀬嶋はもっと気にしない。しかし、埃だらけのダンボール箱を片っ端からひっくり返しても、『猫化』に関連付けられるようなめぼしい情報には終《つい》ぞ行き当たらなかった。

昼頃には瀬嶋が飽き始め、会社の中庭に出て蝶《ちょう》を追い始める。緑の多い郊外には、冬でも蝶がいるのだな、温暖化の影響かなと感心しつつ、感心している場合ではないなと三巳は自戒した。

「ちょっと、真面目に資料に当たらなくていいんですか？　確かに徒労のような気はしますけれども」

「んん～昼だし腹減った。社食行く？　それとも弁当買ってくる？　あ、俺買ってくるわ。待ってて」

「はあ……」

気の抜けた返事を、三巳はした。瀬嶋がそう言うのなら、三巳が強硬に反対する理由はない。

瀬嶋は三巳をベンチで待たせ、小走りでコンビニに向かい、ハンバーグ弁当とロースカツ弁当、それに烏龍《ウーロン》茶を二本買って急ぎ戻ってきた。まるで寸暇を惜しむように、彼の行動は忙《せわ》しない。

（肝心の資料漁りの時はヒマそうにしていたくせに、変な人だな）

瀬嶋は頬を紅潮させ、コンビニの袋を三巳に差し出した。

「どっち食う？」

「どっちでも」

「んじゃ俺ハンバーグ食っていい？　あとハンバーグ半分やるから、ロースカツ半分ちょーだい」

「はい」

中庭のベンチで、二人は弁当を半分ずつ分け合って食べた。昼休みの社屋中庭には、十数人の社員が昼食を取るために出てきていたが、サングラスで変装をしているせいか、三巳がＣＥＯの三巳七生であることに気づく者はここにはいない。

中庭には、社員の家族も立ち入りを許されているのだろう。小さな子ども連れのファミリーが、仲よく弁当を囲んでいる。以前なら邪魔にしか思われなかったその光景に、三巳は目を細めた。

（幸せだな……）

色つきのグラスを介して見ても、三巳の目には世界は充分に明るく映った。春のようにうららかな日射しの下で食べるコンビニ弁当は、高級料亭の仕出し弁当よりも美味だ。

隣に、瀬嶋がいてくれるから。

三巳はちらりと瀬嶋に視線を投げた。瀬嶋も、三巳と同じ景色を見ている。その視線の先にあるのは、三巳が見ていた幸せそうな家族の風景だった。

決して三巳のほうは見ずに、瀬嶋が口を開く。

「あ～……あのさ」

「なんです」

「……いや。いい天気だな、ってさ」

「そうですね」

その時、瀬嶋は決して不幸には見えなかったから。

三巳は、何かを見落とした。

（セックスし続ければ、現状維持くらいはできるんじゃないか？）

日射しを浴びると、気持ちが良くて反射的に動いてしまうのであろう耳が、瀬嶋の帽子の下でぴこぴこと前後している。それを眺めながら、三巳は考えた。この状態を維持できるのなら、三巳はもう、悪魔に魂を売ってもよかった。

（勃起不全にならないよう、栄養と睡眠に気を配らないと……）

三巳が変な決意を固めた時、強く風が吹いた。瀬嶋は、ニット帽が飛ばされないように手で押さえ、不意に三巳を見つめた。

金色がかった眸に自分の姿を映されて、三巳はどきりと心臓を跳ねさせる。

「な、なんです？」

「いや、別に」

食べ終わった弁当のプラスティックケースをビニール袋にしまい、瀬嶋は微笑んだ。

「なんか、幸せだな～と思ってた」

瞬間、息が詰まって、三巳は俯いた。涙が零れそうになったから、トイレに行くふりをしてベンチから立ち上がり、その場を立ち去った。

その時確かに、自分たちは同じ景色を見ているのだと三巳は思った。


結局なんの収穫もなく、日が暮れる頃には二人はマンションに戻ろうと車に乗りこんだ。冬の日は短い。夕陽が見えたかと思ったら、あっという間に陽が沈み、都会の夜空に小さな星が瞬く。

マンションの地下駐車場に車を滑りこませようとした直前、瀬嶋が車から降りたいと三巳に告げた。

「先に部屋に帰ってくれ。俺、ちょっとコンビニに寄ってく」

「そうですか。じゃあついでに、歯ブラシを二本買ってきてください」

三巳がそう頼むと、瀬嶋は「うん」と答えるために開きかけた唇を、そのままの形で凍らせた。声は、発せられなかった。三巳はその時、夕食で瀬嶋に何を食べさせるかを考えていて、瀬嶋の目をち

ケモラブ。

ゃんと見ていなかった。

「なんです？　歯ブラシ代がないなら出しますけど」

「ばっバカにすんな！　歯ブラシくらい買ってやる！」

肩を怒らせて、瀬嶋がいつもみたいに怒るから。

三巳はまた、大切なシグナルを見落とした。

「そうですか。じゃあ部屋で待ってます」

三巳はその時、まだ知らなかった。

瀬嶋は三巳よりも大人で。

嘘をつくのは、三巳よりも上手なのだということを。

「じゃあな」

瀬嶋は車に背を向けた格好で、ひらりと手を振った。

それが、三巳が瀬嶋の姿を見た、最後だった。

地下駐車場の前で瀬嶋と別れて、二時間が過ぎた頃。

三巳はやっと、『異変』を察知した。矢の催促で携帯電話にかけ続けても、瀬嶋は出ない。どうやら携帯電話の電源を落としているようだった。おかしい、何か事件に巻きこまれたのかと、堪らず三巳は玄関から飛び出そうとする。

廊下に出て、三巳はドアの取っ手にコンビニの袋がぶら下がっているのに気づいた。

（なんだ、これ）

さっき帰宅した時には、確かにこんな物はぶらさがっていなかった。警備員を呼ぼうかとも思ったが、ある閃《ひらめ》きが、三巳の手をそれに伸ばさせる。

コンビニの袋の中には、買ったばかりの歯ブラシが一本だけ、入っていた。

「…………」

意味がわからなくて。

正確には、認めたくなくて。

三巳は暫し、呆然と立ち尽くす。あまりにも唐突だと思った。膝が砕けて、その場にしゃがんでしまいそうだった。

歯ブラシは二本。

二人分、買ってきてくれと頼んだのに。

二人分。自分と、瀬嶋の分。

（これが……答えなのか……？）

昨日、濡れ事のさなか、三巳は瀬嶋に、思い余って好きだと告げた。

そのことに対する、これが答えか。

足下で、にゃあと鳴く声があった。『かいこ』が好奇心に目を輝かせながら、開かれたドアの隙間から廊下に出ようとしていた。

「出たら駄目だ」

三巳はかいこを、抱き上げる。ふかふかとした毛並みが、頬にくすぐったい。

「駄目、だ……」

おまえまで、ここからいなくならないでくれ。

そう願いながら、三巳は猫を抱きしめた。

（瀬嶋さん……）

出会ってから七日にも満たない、短い日々だったけれど。

三巳の世界は、たった七日間で変わった。七日で天地が創造されたように、何もかもが変わったのだ。

でも、それも今日で終わる。

かいこを抱いて、三巳は室内に戻った。外に出られないと察したかいこは、三巳の腕から飛び降りて、床に散らばった玩具で遊び始める。

何も知らないかいこは、先端に長い紐がついている玩具を銜えて持ってきて、三巳に『遊べ』と要求した。

三巳は微苦笑して、それにつきあった。

「おまえのことも、本当は、ここに置くつもりじゃなかったんだ」

瀬嶋がいなかったら、かいことも出会わなかった。きっとあの時、かいこも自分も死んでいただろう。瀬嶋がいたから、生きられた。瀬嶋が、いたから。

(元に、戻っただけじゃないか)

元の静かな生活が、戻ってきただけだ。この歳になるまでたった一人で生きてきたのだから、この先一人で困ることなんかきっとない。そう、思うのに。

三巳は、死にたいほどの孤独に苛《さいな》まれることから逃れられない。もし今、ここにかいこがいなかったら、発作的に窓から飛び降りてしまいたかった。

そんな三巳の内心などまるで斟酌《しんしゃく》せずに、かいこはさらなる遊びに三巳をつきあわせた。今度はゼンマイで動くネズミの玩具を持ってきて、これを走らせろと目で訴える。

三巳は黙々と、かいこの要求に応えた。ゼンマイは、思いのほか力強く走り出し、リビングから飛び出して寝室に向かった。かいこが嬉しそうにそれを追う。ゼンマイ仕掛けのネズミは、瀬嶋が持ってきた、ミツワンの製品だった。

「にゃああ、んにゃあああ」

寝室から、かいこが不満を訴える声がした。仕方なしに三巳は重い足取りで、寝室へと向かう。寝室には瀬嶋が脱ぎ散らかして置いていった服があるから、今はあまり立ち入りたくなかったのだが、かいこが鳴くなら仕方がない。

オモチャは、床に散乱した服に絡まり、タイヤを空転させていた。それを拾ってかいこに渡すと、かいこはオモチャを銜えてベッドの下へ隠れてしまう。

くしゃくしゃに丸まった瀬嶋のシャツを、拾って畳もうとしたその時。

三巳はそのシャツのポケットに、何か固い物が入っているのに気づいた。

(これは……?)

ポケットの中から出てきたのは、携帯電話だった。瀬嶋はいまだにスマートフォンに切り替えておらず、折り畳むことができる古い携帯電話を使っていた。

(携帯、忘れて行ったのか)

今日は一日、瀬嶋と一緒にいたから、三巳は瀬嶋が携帯電話をここに忘れていっていることに気づかなかった。もしかしたら瀬嶋自身さえ、気づいていなかったかもしれない。

二つに折り畳まれた携帯を開いてみると、電源は入っていなかった。道理でさっきあれだけ鳴らしても静かだったわけだと、三巳は合点した。

（これを取りに、一度はここへ戻って来るだろうか）

戻ってくる蓋然性は、高いだろう。瀬嶋だって携帯電話をなくしたら、困るはずだ。

もしも瀬嶋がこの部屋に帰ってきたら。

自分は冷静でいられるだろうかと、三巳は怖くなる。

抱きしめて、縛りつけて、目隠しをして。

ずっとここに、瀬嶋を閉じこめてしまうんじゃないかと思う。

三巳は携帯電話の電源を入れた。他人の携帯電話を勝手に見るなんて、許されざる行為だと三巳はちゃんと理解している。にも拘わらずそれを実行したのは、多少なりとも意趣返しがしたい気持ちが三巳の中にあったからだ。

まずは、アドレス帳。一目で仕事絡みとわかる人間関係と、家族、友人と思《おぼ》しき数名の名前。否、これは本当に友人だろうか。この中に、瀬嶋と関係を持ったことのある人物が混じっているのではないか。三巳の嫉妬は、止まらない。

それから、メール。瀬嶋は極度の面倒くさがりで、メールの遣り取りは仕事以外では殆どしていなかった。そのことが三巳を少し、ほっとさせた。

着信と発信の履歴をチェックして、最後に三巳が辿り着いたのは、写真が格納されたフォルダだった。一番最近、撮られた写真を見て、三巳はひゅっと息を呑んだ。

三巳自身の寝顔が、そこに映っていた。それも、一枚ではない。何枚も、何枚も。

（どう、して……）

嫌いになったのなら、どうしてつい昨日までの写真があるのか。だったらどうして、黙って出て行ったのか。なぜ歯ブラシは一本だけだったのか。

深く戸惑う三巳を、突然鳴り響いた携帯電話の着信音が驚かせた。思わず落としそうになった電話を、三巳は慌てて握り直す。

ディスプレイには、非通知の文字が浮かんでいた。三巳は、迷わず通話ボタンを押す。

「もしもし!?」

返事はない。が、三巳は確信していた。これは、瀬嶋だ。瀬嶋からの、電話だ。

「瀬嶋さん。瀬嶋さんでしょう!?　返事をしてください！」

ややあって、電話の向こうから荒い息が聞こえた。苦しそうな喘鳴《ぜんめい》だった。

『……ごめ、ん』

謝罪する声は濁り、掠れている。

『それ、捨て、て。でん、わ』

「何を言ってるんですか！　どこにいるんですか⁉」

一体何が瀬嶋の身の上に起きたのか。電話を捨ててくれ、と瀬嶋は言っているようだった。

『お、れ、もう、喋れ、な……』

最後にそう言い残し、電話は切れた。三巳の困惑は、頂点に達する。

（何があったんだ……！）

まさか、いきなり猫化が進行したのか。それでどこかから、非通知で電話をかけてきたのか。

三巳は自分が今日、瀬嶋にしたことについて思い出し、はっと目を見開いた。

（発信器がある）

瀬嶋に仕掛けた発信器は、まだ生きているはずだった。携帯電話のＧＰＳ機能ではなく、旧式の発信器を使ったことが幸いした。

三巳はリビングに戻り、鞄の中からタブレット型のモバイルディスプレイを取り出し、起動させる。

斯くしてそこに展開させた地図の上には、瀬嶋の位置を正確に示す赤い光が点灯していた。

（え…？　これは……）

最初、三巳は発信器が故障したんじゃないかとヒヤリとした。地図に示された位置が、まさしく三巳のいる場所だったからだ。

が、三巳は三秒でその真実に辿り着いた。

（藤井元村の、自宅だ！）

考えるより先に足が動く。三巳は、エレベーター目がけて疾走した。

藤井元村の自宅は、このマンションの一つ下のフロアだ。これほど不仲であるにも拘わらず、同じタワーマンションの上下階に住んでいる理由はただ一つ、遺産分割でそうなってしまったせいに他ならない。しかもどちらも意地っ張りだから、嫌いな相手が住んでいても、自分のほうから先に出て行くということができなかった。どちらも大金持ちであるのに、無駄なストレスを溜めやすい、損な性分だった。

発信器は、平面上の位置は正確に示しても、立体上の位置までもは示すことができない。が、藤井元村が、三巳の住むこの部屋とまったく同じ間取りの下の階に住んでいることを、幸いにして三巳は知っていた。

「出てこい！　出てこないのならドアをぶち破る！」

二十九階の藤井元村の部屋の前で、三巳はそう怒鳴り、ドアを蹴った。三回蹴り上げると、靴底が剝がれ、分厚い扉に凹《へこ》みができた。蹴ったくらいで壊れるようなやわな扉ではないことは、同じマンションに居住する三巳はよく知っている。

「傭兵を呼んで、突入させるぞ」

三巳は自分の携帯電話を手にして、本気で脅した。アジアの紛争地帯で、ゲリラから人質を奪還することを専門にしている傭兵部隊なら、このセキュリティの中でも瀬嶋を取り戻すことは可能だろう。ちょうどミャンマーに滞在中の部隊がいる。彼らを呼びつけるのは、この前のようにアメリカ本土から人を呼び寄せるよりは余程、容易い。三巳が本気でそれを実行しようとした直前、扉は静かに内側から開いた。

「うるさい」

不機嫌極まりない顔を出したのは、部屋の主である藤井元村その人だった。ガウン姿の藤井を押しのけて、三巳は室内に押し入った。

「瀬嶋さん！」

間取りは完璧に三巳の部屋と同じだから、三巳は迷うことなく瀬嶋の姿を探すことができた。もし瀬嶋を監禁するとしたら、一番眺めのいいベッドルームに閉じこめたい。そういう三巳の『勘』は見事に的中した、というより、腹違いとはいえ思考は似通っていたのか。

瀬嶋は、寝室のベッドに鎖に繋がれていた。

「ああ……っ！」

寝室のドアを開け、そこに瀬嶋の姿を見つけた途端、三已は激しく蹌踉《よろ》めいた。

瀬嶋は、全裸だった。裸で首輪をつけられ、鎖に繋がれていた。

エロい。エロ過ぎて眩暈がする。三已は一瞬、陰湿な異母兄への憎しみを忘れ、忘れた直後に思い出し、新たな憎しみを募らせた。

（僕だってまだ、瀬嶋さんに首輪も鎖もつけたことがないのに……！）

先を越されたことが、まず何よりも許せない。否、それ以前に、瀬嶋をこんな目に遭わせたことが許せないと三已は考え直した。

「にゃ……」

瀬嶋は全裸で、悲しげに首と手を振った。こっちへ来るな、と言っているようだった。猫化がさらに進んだのか。また何か薬を打たれたのか。瀬嶋に駆け寄って抱きしめてから、三已は後ろを振り返る。背後に、藤井の気配がしていた。

「瀬嶋さんに、何をした！」

「彼の意志だよ」

手に持った銃の照準を三已の額に合わせて、藤井が嗤《わら》った。

「どうせこのまま猫になってしまうのなら、科学の発展のために身を捧げたいそうだ」

「嘘だッ！　この人がそんな殊勝なことを言うものか！」

「にゃぅぐ」

殊勝なことを言うものか、の辺りで、瀬嶋はちょっと不満そうにした。いや、俺だってたまには殊勝なことするよ、と言いたかったのかもしれないが、三巳にはどうでもよかった。

全裸で三巳の腕に抱かれている瀬嶋に、藤井が問いかける。

「嘘じゃない。そうだな？　燿司」

「ふにゃ……」

瀬嶋は、否定も肯定もできないという顔をして、こうべを垂れた。

（よ、呼び捨てにした……！）

僕だってまだ呼び捨てにしたことなんかないのにと、むしろそちらのほうに激しく憤りつつ三巳は瀬嶋を問い詰めた。

「こいつに、何を言われたんです⁉」

瀬嶋はきっと、自ら身を差し出さなければいけないようなことを藤井元村に言われたに違いないのだ。三巳はそう確信していたが、瀬嶋には答えられないようだった。何せもう、彼は人語を発せられない。

代わりに藤井が、説明を引き受けた。

「昨日、彼とは電話で話してね。なに、大したことは言ってない。愚弟のことを少し話してやっただけだ」

愚弟と呼ばれたことが忌々《いまいま》しかったが、今は黙って、三巳は話を聞く。瀬嶋が何を言われてここへ来たのか、知りたかったのだ。一体何に対して、瀬嶋はこんなにも怯えたのか、と。

「ひにゃぁぁっ」

瀬嶋は、言うな、と悲痛に鳴いた。が、瀬嶋がそうすればするほど、藤井元村の嗜虐《しぎゃく》性は増していくようだった。

「愚弟は、ただでさえ人格に欠陥があるからな。猫なんか飼ったら、ますます自分の世界に引きこもって、一生誰のことも愛さず、独りで生きるんだろうと言ったまでだ」

「な……」

三巳は瞠目し、陰湿な異母兄を見つめた。この義兄に『人格に欠陥がある』と言われたことが何よりも心外だったが、それよりも瀬嶋が、そんな言葉で動いたことが意外すぎた。

三巳の腕の中で、瀬嶋は悲しそうに俯いている。

(なんで、そんなこと……)

そんなこと、貴方が気にする必要は何もないじゃないか。

貴方は貴方のままで、あの部屋で、猫みたいに暮らしてくれればよかった。そうして、欲しかったのに。


ケモラブ。

瀬嶋の指が、三巳の服の袖をきゅっと握りしめる。その指は微かに震えていた。

(僕が、ちゃんと言わなかったせいか)

言えばずっと、いてくれたのか。

三巳が確かめようとして、瀬嶋と向かい合ったその時。瀬嶋の顔色が、はっと変わった。

「にゃぐっ!」

瀬嶋は突如立ち上がり、三巳の頭を胸に抱えこんだ。と同時に、パン、と乾いた音がした。まさか、と三巳は気色ばむ。

「貴様……!」

藤井が銃を持っているのはわかっていたが、まさか本当に発砲するとは、三巳も思っていなかった。それができるのなら、わざわざこんな回りくどいことをしなくてもよかったはずだ。

「瀬嶋さん!」

瀬嶋は肩を撃たれたのか、手で押さえてはいたが、出血はしていないようだった。よく見ると瀬嶋に撃ちこまれたのは、弾丸ではなく、針のついたアンプルだ。今度は何を『打たれた』のかと、三巳は顔面を蒼白にする。

「感動の場面だが、おまえには猫になってもらうよ」

藤井のその言葉で、撃ちこまれたのは猫化ウィルスなのだと三巳は察した。あの時もそうだったと、三巳は思い返す。

　藤井元村の狙いは、瀬嶋ではなく、三巳を猫化することだったのだろう。ハニートラップというのは、方便だったのだと三巳は理解した。

（そりゃあ僕が猫化すれば、会社の乗っ取りも容易いだろう）

　何度も猫化ウィルスを打たれて、瀬嶋はもう、理性を保てなくなってきているのか。震えながら、最後の力を振り絞るように、三巳に告げた。

「し」

「なんで僕なんかを、何度も庇ったんですか！」

「幸せに、なれ」

　三巳の問いは、きっと瀬嶋にとって、無意味だった。きっと誰が相手でも、瀬嶋はこうして庇ったのだと思う。それが三巳には悔しい。

　ただ自分だけを見て欲しかった。自分に、守られて欲しかった。

　息も絶え絶えに、瀬嶋は微笑む。

「けっ、こん、とか、して、ちゃんと」

「…………！」

　昼間の光景が、三巳の瞼に浮かぶ。瀬嶋と二人で見た、同じ景色。幸せそうな、家族の風景だ。

けれども三巳が求めていたのは、畢竟《ひっきょう》、それではなかった。家族なんか、要《い》らない。

三巳がずっと、本当に欲しかったのは。

瀬嶋の優しさが、あまりにも的外れだったから。

三巳は怒りに任せて、告白した。

「結婚、なんか」

「貴方がすればいいでしょう！　僕と！」

えっ、と瀬嶋の目が、見開かれる。後ろから、新たなアンプルが撃たれたと同時に、三巳は瀬嶋を突き飛ばし、床を転がった。転がりながら、懐に手を入れる。

三巳だって無策ではない。『武器』はきちんと仕込んできた。

「ラッキーパンチが、二度も三度も続くと思うなよ！」

三巳は知っている。この異母兄は、素晴らしく均整の取れた手足に反比例して、実は結構な運動音痴であることを。昔から運動神経は、圧倒的に三巳のほうが勝っていた。

藤井の持つ改造銃は、連射ができない仕組みだったのだろう。第二射、三射を撃ちこむまでの間に、インターバルが生じる。三巳はその隙に藤井に襲いかかり、その首筋に、自ら持ちこんだ注射針を刺した。

「う……!?」

藤井の顔色が、みるみる青く変わっていく。たとえここで藤井が命を落としても、瀬嶋を助けるためなら構わないと三巳は覚悟を決めていた。

三巳にとって、瀬嶋以上に大切なものなんて、なかった。

「き、さま……ッ」

藤井は、ガウン姿のまま、ぶるぶると瘧《おこり》のように体を震わせ、そのまま蹲り、動かなくなる。三巳が藤井元村に打ちこんだのは、先日、アメリカの研究員がわざわざ届けに来た、『ハムスター化』の薬だった。臨床実験は済んでいないだろうが、そんなのは三巳の知ったことではない。今、藤井の肉体で試せばいいだけだと思った。

「み、つぃ……」

後ろで、瀬嶋の声した。三巳ははっとして振り返り、瀬嶋の肩に自分の上着をかけてやる。

「喋れるんですか？　瀬嶋さん」

瀬嶋はふるふる震えながら、顔を紅らめた。寒いのだろう、と抱き寄せた三巳の腕の中で、瀬嶋は戸惑いがちに聞いた。

「どっち、が、ウぇでィんぐドレす、着る、にゃ……？　おれ、嫌、にゃ」

「じゃあ僕が着ます」

力強く、三巳は言い返す。

「あ、ぅ」

三巳のドレス姿を想像したのか、瀬嶋は少し笑って、それから。

「うれ、し……」

きゅっと三巳にしがみついて、泣いた。

「瀬嶋さん……」

帰ったらすぐにセックスしましょうと、三巳は瀬嶋に囁いた。とりあえずそれで『猫化』の進行は止まるはずだ。

完全に二人の世界に入りこんでいたので、三巳は気づいていなかった。背後にいたはずの藤井の姿が、消えていることに。そこに残されたのは蛻《もぬけ》のからとなったガウンと、所在なさげにうろうろしている一匹のハムスターだということに。

「にゃあ」

その時、突然猫の声がした。瀬嶋がその声に反応する。

「ん……にゃ、他の、にゃ……？」

この部屋には自分以外に猫がいるのかと、瀬嶋が片言で聞いた。自分の他に、人質、もとい、猫質に取られている猫がいたら助けたいと思ったのだろう。

しかし、三巳は知っていた。それが、瀬嶋とは違い、猫自身の意に反して監禁されている猫ではな

いということを。

「え、ええ、それは……」

三已が気まずそうに振り向くと、茶虎の猫が、床に突然現れたハムスターを追いかけ回していた。ハムスターは必死で、家具の隙間に逃げこんだ。猫は、かいこによく似ているが、かいこではない。もっと大きな、老猫だ。

「と、頭取《とうどり》！」

トムとジェリーのような光景を見つめる二人を、無粋な声が現実に引き戻す。開けっ放しの玄関から、藤井元村の秘書である木藤が飛びこんできた。

木藤は敏感に、何かを察したのだろう。家具の隙間に入りこんだハムスターを、身を挺《てい》して庇い、猫の暴虐を止めた。

「ゆみえさん！　やめてください！　頭取を殺す気ですか！」

止めるさなか、木藤は猫に向かってそう言った。それを聞いた瀬嶋が、ぱちくりと目を瞬かせる。

「にゃ、に、ゆ、ゆみ、え？　生きて、にゃ？」

瀬嶋が、回らない舌を必死で回して、その名を口にする。ゆみえって、確かおまえの、死んだ猫だよな？　と瀬嶋は言外に言っていた。

問われて三已は、首を振る。

「死んだなんて、誰が言いましたか。ゆみえは、生きてますよ。そこに」

と、三巳が指さした先には老いた虎猫がいる。しかも、丸々と太り、ダイヤの首輪で飾り立てられている。決して不幸には見えない、ふてぶてしい老猫だった。

三巳は憎々しげに、木藤の手に包まれて震えているハムスターを睨んだ。

「ゆみえは、こいつに……藤井元村に、略奪されたんです。寝取られたんです。僕の、僕が拾った、僕だけの猫だったのに……！」

「にゃ、にゃぉう……」

そ、そうか……と瀬嶋は言いたいようだった。瀬嶋の笑顔が、あからさまに引きつった。

「にゃ、の、もしか、し、にゃ」

「なんです」

仲悪い原因って、それ？　と、瀬嶋はジェスチャーで三巳に尋ねた。

「別にそれだけではありませんが」

と言いつつ、憤懣やるかたないという表情を三巳は崩さない。やがて瀬嶋が、やけにもじもじとしながら聞いた。

「あにゃ、にゃ」

「なんです」

ちらりと、瀬嶋が視線を送った先には、まだハムスターを狙っている『ゆみえ』の肥えた肉体がある。瀬嶋はじっとりと横目で、ゆみえを見たあとにやはりジェスチャーで聞いた。

『ゆみえと、俺と、どっちが好き……？』

「…………！」

瀬嶋を抱く、三巳の腕の力が強くなる。

それは三巳にとって、とても難しい質問だった。けれど三巳はもう、迷わない。

「……貴方です」

三巳の腕の中で、ぴくっ、と瀬嶋の耳と尻尾が震える。

「貴方だけです……櫂司、さん」

「……にゃぁ」

瀬嶋の額が、すりすりと三巳の胸にこすりつけられた。それが瀬嶋の、答えだった。

「ホモはよそでやってください。目障りです」

上司がハムスターになってしまったのに、幸せを満喫している二人が憎かったのか、木藤が冷たく言い放つ。

言われなくても三巳は、こんな部屋からはさっさと出て行くつもりだった。もちろん、瀬嶋と二人きりで。

最後に三巳は、別れた『女』に情けをかけた。

「うるさい。ゆみえにひもじい思いをさせたら殺すぞ。そんな雑菌まみれのハムスターを食わせることも許さない」

「言われなくても食べさせませんよ」

木藤は悲しそうにハムスターの背中を撫でた。撫でる面積さえ少なくて困る、茶色いラインが美しい毛並みを必死で撫でた。

藤井元村のなれの果ては、ジャンガリアンハムスターだった。せめてゴールデンハムスターだったらもう少し撫でる面積もあっただろうにと、その点だけは三巳も同情した。

ゆみえは、老いて尚、狩猟本能が枯れていないのだろう、完全に獲物を狙う目でハムスターを見つめていた。

7

それから一ヵ月後。

瀬嶋の猫化は、なんとかギリギリのところで止まっていた。

性行為は、猫化の進行を止めるだけでなく、どうやら元に戻す治癒作用もあるらしきことが研究によって判明した。

研究に協力したのは、もちろん三巳である。

大好きな瀬嶋とずっといられて、さらに瀬嶋は猫化によって超がつく淫乱と化している。これはなんのご褒美か。自分は前世でそんなにも功徳を積んだのかと、三巳は幸せすぎてだんだん怖くなっていた。

下の階には、ハムスターと化した藤井の世話をするために、木藤が越して来ている。あれだけ広い部屋なのだから、狩猟本能に満ち溢れたゆみえとハムスターを隔離して飼うのは別に難しくないだろう。そのことが三巳には、とても残念だった。やはり人は四畳半一間に住むべきじゃないかと思ったが、瀬嶋の「え、この部屋がいい。四畳半一間とかやだ。床暖房ないし」という鶴《つる》の一声ならぬ猫の一声で転居を思い留まった。

秘書・木藤の献身により、どうやら藤井も元の人間に戻りつつあるらしい。セックスが『動物化』

を食い止め、元に戻す治療法として効くのは、猫化に限ったことではないのだ。探りを入れさせるために放った調査員と研究員からそれを聞いて、三已は純粋に、不思議だった。

(ハムスターとは、どうやってセックスしたんだ？)

どう考えても、藤井にそこまでの献身と忠誠を示しそうな人間は木藤しかいない。奴がやったのか。あのでかい図体で、ハムスターと。それは死ぬんじゃないのか、ハムスターが。聞きたい。具体的にどうやったのか、問いただしたい。そういう誘惑に三已はそわそわとしたが、瀬嶋との暮らしがあまりにも幸せなので、だんだん他人の不幸がどうでもよくなって、やめた。

瀬嶋は、三已の計らいによって清算整理を免れたミツワンで、今日も元気に働いている。但し、商品の販売価格を上げて、富裕層向けに特化した製品作りにシフトする、という条件つきでだ。その代わり三已は収益の一部を、野良猫の保護に使うことを許可した。

(瀬嶋さんは、可愛いだけでなく、優しいんだ)

三十五歳の中年男子の可愛さに、三已はメロメロだった。

そんな幸福の荒波に溺れる三已であったが、最近、新たな懸念が発生しつつあった。

瀬嶋が、セックスをしたがらなくなったのだ。

(なんだ？　何がいけないんだ!?)

今まであんなに互いの肉体を貪りあったのに、ここ数日、瀬嶋の態度が素っ気ない。膝枕や腕枕はねだってくるが、肝心肝要の『その先』を求めてこないし、三巳から求めてもさりげなく拒否される。

その夜、思い余って三巳は尋ねた。

「あの、瀬嶋さん」

「んー、何？」

携帯ゲーム機の液晶画面から顔も上げずに、瀬嶋が返事をする。そのつれない態度が、ますます三巳を不安にさせた。

「最近、その……」

「あー、おまえさ」

三巳の言葉を、突然瀬嶋が遮った。視線はゲーム機に落としたままで。

「その仏頂面、やめろよ。なるべく笑ってろよ」

「は……？」

三巳は思わず、自分の顔に手を当てた。

(顔か……？　顔が気に入らないから、セックスさせてくれなくなったのか……!?)

学生時代は、自ら立ち上げたアパレルメーカーでモデルとイメージキャラクターも勤めて売り上げを伸ばした自慢の顔だったが、瀬嶋に愛されないなら瀬嶋の好みに整形したって構わない。三巳がそう言おうとすると、ようやく瀬嶋はゲームをやめた。

「おまえ、あの時、笑ったよな」

「え？」

あの時、というのが、どの時なのかわからなくて、三巳は戸惑った。嘲笑《あざわら》った、という意味でなら、わりといつも笑っていた気がするので、それを責められるのかと思った。が、違った。

「外で、弁当食った時。おまえ、笑ってるほうが可愛いよ。ずっと笑ってろよ」

「瀬嶋さん……」

そういう男前な台詞は、自分が言いたかったのに。先を越されて、三巳は悔しかった。が、三巳は瀬嶋になら、先を越されても許せた。瀬嶋のことなら、なんでも許せた。

感極まって抱きしめて、そのままの流れでキスとそれ以上のことに及ぼうとすると、三巳は瀬嶋に、口を塞がれた。

「待て」

「なんです」

おあずけを食らった犬のように、三巳が瀬嶋にのし掛かったままぴたりと止まる。瀬嶋に口を押さえられているせいで、自然と声がくぐもる。

三巳に『待て』をさせながら、瀬嶋はしみじみという感じで言った。

「俺、今まで発情期だった気がする」

「は……？」

今一度、三巳は目を丸くする。そんな三巳の体を「よっこらしょ」と押しのけて、瀬嶋は三巳の下から這い出した。

「今、そんなにやりたくねえわー。キスだけならいいけど」

「ちょ、ちょっと……」

追い縋る三巳を振り払い、瀬嶋は上着を引っかけて、三巳にもジャケットを押しつける。

「腹減った～。今日は外食しようぜ。肉肉～」

そのままふらふらと出て行こうとする瀬嶋の腕を摑み、三巳は何よりも大事なことを聞いた。

「発情期って、次はいつ来るんですか!?」

瀬嶋は振り向き、三巳の後頭部を摑んで引き寄せ、その耳元に甘く囁いた。

「春じゃね？　多分。猫だし」

春ならもうすぐそこだ。春か。春になれば、またあの愛と官能の日々が戻るのかと、三巳は涙を呑んだ。

瀬嶋は、三巳を置いてさっさと玄関に向かっている。猫はどこまでも気まぐれなのだと、三巳は改めて、身を以て知った。足下でかいこが、「にゃあ」と鳴いて食事をねだった。

片思い

1

三巳《みつい》銀行頭取《とうどり》第一秘書、木藤勇治《きとうゆうじ》の朝は早い。太った雌猫に起こされるからだ。

「ンニャアァ、ヒニュアァァ」

(うるさい)

木藤は大きな体を毛布の中で丸め、耳を塞《ふさ》いだ。が、いくら無視しても、ドアの外で鳴き叫ぶ猫の声は止まらない。

「ミユゥ〜ア、ンニャッゥッグゥゥニャ」

(何を言ってるんだ、貴様は)

『ゆみえ』の鳴き方は普通の猫とは少し違う。何かを滔々《とうとう》と語りかけるような、もとい、責め立てるような、不思議な鳴き方をする猫だった。しかも、その声は甲高いから、ずっと聞き続けていると耳鳴りがしてくる。防音がしっかりしたこのような高級マンションだから許されているが、これが安普請のアパートだったりしたら、苦情の嵐に巻きこまれるに違いなかった。

十五分くらい二度寝を決めこもうと努力したが、結局木藤はベッドから起き上がる。

広い寝室の片隅に、豪華な室内に似つかわしくない、大きなダンボール箱が置かれていた。ダンボール箱は、あちこち齧《かじ》られてボロボロだ。紙屑《かみくず》だらけのダンボールの中で、大量の大鋸屑《おがくず》に包まれ、芋虫のように体を丸めて眠るのは、彼の敬愛する上司（三十二歳）だった。

「……元村《もとむら》さん」

夜明け前の薄闇に包まれたマンションの一室で、木藤はそっと、ダンボールに向かって呼びかけた。上司である彼こと藤井《ふじい》元村を、苗字《みょうじ》ではなく名前で呼んだのは、木藤にはこれが初めてのことだ。ダンボールの中から、返事はない。当然である。

今の藤井元村はヒメキヌゲネズミ、通称ハムスターなのだから。

（返事ができる状態だったら、とても名前でなんか、呼べないけどな）

口元に自嘲の笑みを浮かべ、木藤はパジャマのままで、ダンボールハウスの中に設置された餌箱《えさ》の中身を入れ替え、軽く掃除をした。藤井元村はその間、大鋸屑で全身を覆い、息を殺している。この『ハムスター』は、まったく人に懐かない。

嚙《か》まれるのを覚悟の上で、木藤は大鋸屑をそっと払い除《の》け、藤井元村の顔を覗きこんだ。耳と髭《ひげ》はネズミのままだが、他のパーツはだいぶ元に戻りつつある。

少なくとも大きさと、見た目だけは。

（あとは頭の『中身』だな）

暗闇でじっと自分を凝視してくるハムスターこと藤井元村の肉体は、耳と髭と丸い尻尾を除けば、殆《ほとん》ど元通りだ。木藤が敬愛してやまなかった、すらりとした八頭身の肉体に戻っている。

そのことに木藤は、何よりも安堵していた。

（元村さん……おいたわしい）

木藤はパジャマから着替えるのも忘れて、ベッドに腰掛け、そっと目頭を押さえた。完全に自業自得とはいえ、あの華麗にして気高い男が、食物連鎖の最下層たるネズミに姿を変えているなどという事実は、長年仕えてきた木藤には耐え難いものがあった。

「ンォニャ〜ン、ヴルップナァァ」

嘆きの波濤《はとう》に身を浸す木藤の内心をまるで無視して、部屋の外からの絶叫は続いている。最近木藤は、理解したくもないのに猫語がわかるようになっていた。今、ゆみえは『下僕、食事の支度が遅いわよ。あとトイレの掃除をしなさい』と叫んでいるに違いない。

眉間に深い縦皺《たてじわ》を寄せて、木藤は仕方なしにドアを開ける。ゆみえが中に入らないように、すぐに後ろ手でドアを閉める。

このゆみえには、殺人未遂の前科がある。ハムスターと化した藤井元村を、嬲《なぶ》り殺しにしようとしたのだ。

よってゆみえは、藤井元村のいる寝室には絶対立入禁止だった。

「ンニャ」

ようやく姿を現した『下僕二号』の顔を見て、ゆみえは「遅い」と言わんばかりに尻尾で床を叩い

た。木藤の眉間の皺が、ますます深くなる。

「うるさい」

一言言い捨てて、木藤はキッチンへと向かった。不承不承ではあるが、ゆみえに餌を食べさせるためだ。

時計を見ると、時刻はまだ午前四時半だった。朝というより、深夜に近いと木藤は思う。が、ゆみえに呼ばれれば即座に馳せ参じて、食事の用意なりトイレの清掃なりをしなければいけないのが、この家のルールだ。ルールを定めたのは、彼の上司である藤井元村である。

(猫なんか大嫌いだ)

平素は秘書兼SPとして、感情を極力表さないようにしている木藤だが、誰も見ていないところならば別だ。不機嫌をあらわにして木藤は、がちゃんと音をたててキャットフードが盛られた食器を床に置いた。

ゆみえは、差し出されたフードの匂いをくんくんと二度嗅いでから、前足で砂をかけるような仕草をした。

「これしかないぞ。これを食え」

藤井元村が『正気』だった頃には絶対に許されなかった不遜《ふそん》な態度を、木藤はここぞとばかりにゆみえに取り続けた。我ながら大人気ない、陰険だ、と木藤自身も思う。が、自分にはこの程度の報復を許される権利がある、とも思う。

食事とトイレの世話だけはちゃんとしているのは、ゆみえに何かあったら、藤井元村が正気に戻った時、悲しむことがわかっていたからである。猫は嫌いだが、藤井元村を悲しませるのはもっと嫌だ。そういうアンビバレントな感情に、木藤は引き裂かれていた。

仁王立ちのまま木藤に見下ろされても、ゆみえはキャットフードに口をつけようとはしない。彼女はミツワン製のキャットフードしか食べないことを木藤は知っていたが、色々ごたごたしたことがあり、ちょうどミツワン製のキャットフードは切らしていた。

ミツワンの業績不振は、木藤もよく知っている。ミツワン製品は価格が高いため、スーパーマーケットや安売り店にはなかなか入荷されず、入手するのに少し手間がかかる。そういう物を、この憎たらしい猫のためにわざわざ買い求めるのも、今の木藤には業腹《ごうはら》だった。

「食べたくないなら、食べなくていい」

冷たく言い放って、木藤は踵《きびす》を返した。今まで散々、藤井元村からの寵愛《ちょうあい》を独占してきたのだから、今この短期間、この程度の憂き目にあうのは当然だろうという復讐心から出た言葉だった。

(元村さんどころか、三巳のCEOまでたらしこんでいたんだよな、この猫は)

三巳のCEOとは、この高級タワーマンションの最上階に暮らす、藤井元村の異母弟、三巳七生《ななお》のことである。美男として有名な、若き銀行頭取とCEO、両方を天秤《てんびん》にかけた稀代《きだい》の悪女が、この太った雌猫であることに、木藤は世の不条理を感じた。しかも、雑種である。さらに、太ってもいる。毛艶がよすぎて、ぬめぬめと光って見えるのが気持ち悪い、とも木藤は思う。そんな駄猫を奪い合ったあの兄弟は、何かに呪われているんじゃないかとさえ思う。

自業自得的な経緯で藤井元村がハムスターになった時、木藤は途方に暮れた。元自衛隊の特殊部隊で鍛えた平常心でも、なかなか対処でき得る事態ではなかった。何より木藤は、動物が嫌いである。猫もネズミも大嫌いだ。

だからあの時、藤井元村の体が確かにハムスターへと変貌していく光景を目の当《ま》たりにしていなければ、彼を両手で包んで助け出すことさえできなかったと木藤は思う。

小さな体を両手で抱いて、とにかく木藤は彼を隠そうとした。同じ室内には、ハムスターになった藤井を狙う、猫がいる。爛々《らんらん》と目を輝かせ、牙と爪を研《と》いでいる獰猛《どうもう》な生き物だ。今まで散々贅沢《ぜいたく》な暮らしをさせてもらったくせに、その恩も忘れて飼い主を襲うとはなんたる不忠《ふちゅう》かと、木藤はますます猫が嫌いになった。

とにかく、藤井元村がハムスターになってしまったことは、隠し通さなければならない。

木藤は、藤井が急病であることを役員たちに伝え、急ぎ藤井と自分の休暇を取得した。藤井の第一秘書として、公私に亘《わた》り信頼を得ていたことが幸いし、それらの手続きは遅滞なく行うことができた。

斯《か》くして藤井の身の安全を確保し、木藤勇治はハムスターとなった藤井とともに、事件の起きたマンションに引きこもった。木藤にとっては初めての、長い休暇だ。

(長いといっても、三ヵ月だけどな……)

ふっと自虐気味に、木藤は笑う。

藤井とともに、この『陰謀』に最初から参画した木藤は知っているのだ。

この『動物化ウィルス』の効果が、三ヵ月間しか保《も》たないということを。

そのことはまだ、最初の被害者である瀬嶋《せじま》と三巳には伝えてはいない。二人は今でも「セックスすれば進行が止められる」と固く信じて、日夜、性交に勤《いそ》しんでいることだろう。しかし、そろそろあの事件から三ヵ月が経過する。いくらなんでも二人が気づくんじゃないかと、木藤も思う。気づいて、破局でもしたら面白いが、あの二人に破局の兆しがまるで見えないことは、同じマンションに住む木藤にはなんとなくわかってしまうのだった。

「セックスで進行が止まるとか、バカじゃないですか。健康体なら細胞なんて大体九十日で入れ替わるから、ほっときゃ治りますよ」と、言いたい。今すぐ彼らに向かって叫びたい。が、それを彼らに伝えるためには、彼らに接触しなければならない。それを避けたいがために、木藤は真実を伝えられずにいた。

昨日も木藤は、夜半、エレベーターの中で瀬嶋と三巳の二人に出会った。まったくの偶然である。このマンションにはエレベーターが五基あるから、避けようと思えば避けられるはずなのに、なぜか会う。巨大高層マンションだ。住民の数だって数百人を下らない。なのにどうして、出会うのか。神の悪意を、木藤は感じた。

尤《もっと》も瀬嶋たちだって、別に木藤に会いたくてエレベーターに乗っているのではないはずだ。彼らだってちゃんと、木藤を避ける努力らしきことはしている。が、『今朝は本館右のエレベーターで会っちゃったから、次は別館左のエレベーターを使おう』というような『選択』が、ものの見事に木藤のそれと合致するのである。

昨日の夜も、瀬嶋と三巳はエレベーター内でキスをしていた。家でやれ、と木藤は呪いの念を送った。エレベーターのドアが開いて、真っ先に視界に飛びこんできたのが男同士のキスシーンだ。自分以外の誰かに見られたら、どうする気かと思う。別にどうでもいいのだが、なんとなく気になる。そもそもエレベーター内には、警備室直通の監視カメラがついている。そこに映ることはいいのかと、木藤は問い質《ただ》したくなる。

木藤にキスシーンを見られた二人は、エレベーター内でぴゃっと勢いよく離れた。遅い。手遅れだ。見たくもないけどしっかり見た。と心で呟《つぶや》きながら、木藤は無言で階数ボタンを押した。

二人は木藤の背後で、何やらもごもごと会話をしている。

「だ、だからエレベーターではよせって言っただろ～」

「でも、瀬嶋さんが今朝、いってらっしゃいのキスをしてくれなかったから」

知るか。死ね。なるべく悲惨な死に方をしろ。と、木藤は無表情のまま世界を呪った。今なら憎しみで人が殺せそうだった。

瀬嶋の頭には、まだニット帽が乗っている。そろそろ猫耳が取れる頃だが、二人はまだ気づいていないのだろう。この病が、勝手に治るのだということに。

嘘をついて敵を陥れた結果、敵を幸せにしてしまった。なんたる失態かと、木藤は唇を噛んだ。

(俺はこんなに不幸なのに……)

大好きな藤井元村が大嫌いなネズミに変貌してしまい、しかも、猫化した瀬嶋と三巳のような『やむを得ず』的な性行為も発生しない。猫化ウィルス以上に、ネズミ化ウィルスは強力であったらしい。木藤に残された仕事は、ひたすらハムスターと猫の世話をすることだった。藤井が元に戻るまで、餌やりとトイレ掃除しか、木藤にはすることがない。やさぐれてもしょうがないだろうと、木藤は自分を慰める。

そんな不幸な男の背中に、瀬嶋が無神経な言葉をかけた。

「なあ、あんたのところの頭取、大丈夫か？　ちゃんとメシ、食ってるか？」

「瀬嶋さん、こんな奴らに情けをかける必要はありませんよ」

「でもよぉ、俺も猫化して大変だからさ。なんとなく気持ちがわかるっていうか」

嘘をつけ。わかってたまるかと、木藤は背中を向けたまま拒絶を示した。瀬嶋に劣らず無神経な言葉を、三巳が発する。

「ハムスターって飼うの、ラクそうですよね。ネズミは雑食だから、なんでも食べそうですし。ゴミでも死体でも」

誰がそんな物を食べさせるかと、木藤は静かな怒りに震えた。動物好きの三巳がそこまで言うのは、そのハムスターの正体が憎き異母兄だからに違いなかった。

(……まあ、言われても仕方ないことを結構してるんだけどな)

藤井の性格の悪さを知っているから、木藤もなんだか言い返せない。

三巳と違って邪念のない瀬嶋が、人のよさそうな笑顔で木藤に告げた。

「ミツワンにはハムスターフードもあるぞ。持ってきてやるよ」

「結構です」

本当はハムスターフードより、キャットフードが欲しい。ゆみえはここ数日、ろくに食べていないのだ。腹が減ればどんな餌でも食べるだろうと放置していたが、流石《さすが》にそろそろ、やばいんじゃないのか。木藤はそう案じていたが、そんなことは誰にも相談できなかった。

バカップル二人を置いて、木藤はエレベーターを降りた。

2

翌日。買い物へ行くために外出した木藤は、またエレベーターで三巳と出くわした。今日は珍しく瀬嶋はおらず、三巳一人である。

「あ」

「あ」

エレベーターのドアが開いた途端、二人は同時に口を開けていた。なんとなく予測はしていたが、瀬嶋がいなくて二人だけ、という状況は初めてだったから、その点が不意打ちに近かった。

「…………」

「…………」

二人が二人とも無言のままで、エレベーター内で佇《たたず》む。高層マンションのエレベーターは速い。互いの腹を探り合うようないとまもなく、エレベーターは地上に着くはずだった。

なのに、その日に限ってアクシデントが発生した。

「うわ……っ？」

突如、エレベーターが大きく左右に揺れた。と同時に、中途半幅な位置で停止する。どうやら、地震が発生したらしい。

（間が悪いな）

よりにもよって、三巳と二人だけの時にエレベーターに閉じこめられるなんて、自分の不幸はどこまで続くのかと木藤はため息をつく。

（最近のエレベーターはこういう時、最寄りの階に止まるはずだが）

不思議なことに、エレベーターは地震と同時に停止し、びくともしなかった。が、このマンションには警備室があるから、助けはすぐに来るはずだ。

仕方なく暫《しば》しの間、静かに救助、或《ある》いはエレベーターが動くのを待つ。重い沈黙に、エレベーターの内部は押し包まれた。一般的なマンションのエレベーターよりはだいぶ広いが、それでも密室であることに違いはない。

息をする音さえ殺している木藤の背中に、ぽつりと三巳が質問を投げかけた。

「やったんですか」

「何をです」

木藤は振り返りもせず、聞き返した。もちろん、質問の意味はわかっていた。が、癪《しゃく》なのであえてわからないふりをした。

はぐらかされて、三巳は自分の質問の下世話さを恥じたのか、曖昧に誤魔化した。

「……いえ」

何が「いえ」なんだ。それこそはっきり言え。木藤はそう言いたくなったが、言わない。

意趣返しとばかりに、木藤は刺々《とげとげ》しい言葉を三巳に投げつけた。

「最近は以前ほど、彼と一緒にいませんね。うまくいってないんですか」

木藤がそう言ったのは、根拠があってのことではない。なんとなく勘で言ってみただけだ。いい大人が二十四時間一緒にいるなんてあり得ないから、こう言えば二人の間に疑心暗鬼の種を蒔《ま》けるのではないかと計算して告げた。

その画策は、意外なほど功を奏した。

三巳は、あからさまに狼狽《うろた》えて言った。

「う、うるさいな。発情期がもう一度来ないことには、僕にだってどうしようも……」

「マタタビ、買ったらどうですか」

別に老婆心からそう言ったのではない。三巳があまりにもバカだから、木藤はつい言ってしまっただけだった。

が、それも思いのほか、三巳の心に響いたようだった。

「………あ」

三巳が口を開け、ぽんと手を打った瞬間にエレベーターは起動した。最寄り階に着くなり、三巳はエレベーター内から駆け出した。きっとマタタビを買いに行ったのだろう。

（俺はバカか）

また敵に塩を送ってしまったことを、木藤は深く悔やんだ。


さらに翌日。木藤は同じエレベーターで、また三巳に出くわした。なんで二日連続で同じエレベーターに乗るんだ。もしかして俺をつけているんじゃないのかと木藤は疑念を膨らませたが、どうやら三巳に、そんな意図はなさそうだった。

「やあ」

「…………」

妙に艶々とした顔で快活に挨拶をされ、木藤は腕に鳥肌を立てた。やあってなんだ。おまえ、そんなこと言うキャラじゃなかっただろう。何かあったのか。あったんだろうな。幸せいっぱいなんだろうなと思うと、こいつ死ねばいいのにというどす黒い感情が湧き起こる。

（マタタビが効いたんだな）

わかってはいたが、木藤はつい、聞いてしまった。

「瀬嶋さんはどうしたんですか」

「いやあその、まだ寝ていて。あはは、仕方ないなあ」

頬を紅らめ、頭を掻《か》く三巳の顔は、完全に色ボケした新婚さんのそれだった。こいつの頭上にだけ隕石《いんせき》が落ちればいいのにと木藤は祈った。

幸せそうな三巳とは対象的に、愛する人と一つ屋根の下で暮らしても指一本触れられず、意思の疎通さえできず、太った雌猫の召使いとして暮らすしかない木藤の顔は荒《すさ》みきっていた。そんな木藤の心を読んだかのように、三巳が言った。

「あの、何かお手伝いできることがあれば」

「結構です」

敵に情けをかけられることほどみじめなことはない。木藤はむっつりと黙りこむ。三巳はさらに、無自覚な追い討ちをかけてきた。

「今、僕は幸せなので、他人の幸せを祈る余裕があります」

「他人じゃないでしょう。あなたの兄でしょう」

思わず木藤は突っこんだ。突っこむべきことは他にもある気がしたが、本当に大切なことは言えないたちだった。

三巳は、妙にしんみりと言った。

「身内を赦《ゆる》すのって、時として他人を赦すよりも難しいじゃないですか。でも、今の僕は幸せなのでその難行に挑めます」

別に挑まなくてもいい。もはや雌雄は決している。これ以上あの人に追い討ちをかけないで欲しいと思った。あの人だけでなく、自分にもだ。

押し黙る木藤をよそに、三巳は一人で饒舌《じょうぜつ》だった。

「あの人、藤井元村は、僕に言ったんです。『ゆみえなら俺の隣で寝てるぜ。全裸でな』って、写真を見せながらね」

「…………」

猫は全裸であることが当然だと木藤は思う。この兄弟の猫愛は、完全に常軌を逸しているとも思う。本当に呪われた遺伝子だと思う。ていうかそんな兄弟の確執の原因なんて聞いていないし、聞きたくもなかった。なんとなく予測のできる内容でもあったし。

三巳はまだ一人で喋《しゃべ》り続けている。

「でも、今の僕には瀬嶋さんもかいこもいますから。だからといってゆみえを不幸にしたら許しませんけど」

「別に不幸にはしませんよ。幸せにもしませんけど」

吐き捨てるようにそう言って、木藤はエレベーターを降りる。

そうだ、あの雌猫を、不幸にはしない。

あれは、藤井元村の猫だから。

藤井元村が愛している、猫だから。

(ていうか、死にたい)

だいぶ自虐的な気持ちになっている木藤の肩を、突然後ろから三巳が掴んだ。背後からの攻撃に、元自衛隊特殊部隊出身の木藤は鋭く反応した。三巳の腕を掴み上げ、床に押さえこむ。三巳は、抵抗はしなかった。

それどころか、三巳は笑っていた。『敵』に組み伏せられたのに、そんなのは別にどうでもいい、という笑顔で。

「まずは、好きって言ってみたらどうですか」

「……ッ……」

思わず怯《ひる》んで、木藤は三巳の上から身を退《ど》ける。心を、見透かされたような気がしたのだ。

「案外、通じるものですよ。言葉は」

「……知るか！」

わざと乱暴に叫んで、木藤は駆け出した。冷たい仮面はすっかりと壊れて、熱い感情が溢《あふ》れ出していた。

3

部屋に駆け戻ると木藤は、真っ先に藤井元村のもとへ向かった。寝室のダンボールで、藤井はくーくーと寝息をたてて眠っている。ハムスターは、一日二十時間くらい寝るのだ。

閉ざしたドアの外には、猫の気配がある。ゆみえが、『部屋に入れろ』とごねているのだろう。ダンボールの中で安らかに眠る藤井の顔に、木藤はそっと唇を近づけた。

「……元村さん」

もう一度、秘めやかに彼を名前で呼んだ。頭取、でもなく、藤井さん、でもなく、名前で。

「俺とあの雌猫と、どっちが好きですか」

聞いても詮《せん》無い。その詮無いことを、木藤はずっと、聞きたかった。

「好きです」

ハムスターの丸い耳ではなく、人間の形をしているほうの耳に、木藤は囁《ささや》いてキスをした。

「好きです。元村さん……」

寝息を吐く唇にも、木嶋はそっと、自分の唇を重ねる。本当は深く重ねたかったけれど、それは堪えて、浅く、触れるか触れないか、わからないような強さで口づけた。

唇を、そっと離す。外で騒いでいるゆみえに、餌をやらないといけない。明日は観念して、瀬嶋に頭を下げ、ミツワンのキャットフードを譲ってもらおうと木藤は考えていた。

立ち上がり、藤井に背中を向け、部屋から出ようとしたその時。

「……知ってる」

「え？」

突然背後から言われて、木藤は面食らった。それは確かに、藤井の声だった。ずっと聞き慣れた、ずっと聞きたかった、藤井の声。

慌てて振り向いた木藤の目に映ったのは、ネズミの耳も尻尾も髭も抜け落ちた、藤井の姿だった。藤井の、キスされた耳は、真っ赤に染まっていた。

あとがき

猫耳ブームは昭和の頃から存在しました。あとがきの冒頭から昭和の話すんなよ、と自分でも思います。いつもお世話になっております。水戸泉《みといずみ》です。

初めてキャラクターに猫耳をつけた漫画は、わたしの知る限りでは大島弓子先生の『綿の国星』だったと思うんですが、それより以前にアメリカのSF小説に出現していたという説もあります。猫耳、メイド、スクール水着あたりはもはや萌えの定番ですね。褌《ふんどし》もマイブームなんですけど、流行らないかなー、褌。ジャパニーズ・トラディショナル・パンティとかそういう間違った英訳で流行るといいなー。

それはさておき、猫耳です。猫耳が嫌いな腐女子はいません！　オタクもいません。いないと思います。いないんじゃないかな、多分。最近は高齢化の影響か、おっさんに猫耳をつけても怒られなくなりました（最初から別に誰も怒ってはいない）。いい時代になったなーと思います。これはそういう本です。

ある日突然、猫耳の生えたおっさんが空から降ってきて、冷たく心を閉ざしたイケメン若手社長が恋をするんです。でも、猫に恋をしてるのかおっさんに恋をしてるのかが彼の心の中で今一つ曖昧です。そのへんもう少しつっこんで書くべきだったかなとも考えたんですが、やっぱり「猫か、おっさんか」の二択で悩む攻って不気味なんじゃないかと思い直しました。つか、おっさんと猫、同化してるんだし。悩む必要ないじゃないですか！　一挙両得ではないですか！　シュークリームの上にアイスクリームが乗っかっているようなものですよ。そんなもの食べ続けたら糖尿になりそうですよ。糖尿になったら攻が受の●●を舐める時、「甘い……」って言う。「瀬嶋さんの精液、シロップみたいだ……」「あ、うん、この前の検査で引っかかっちゃって」みたいな会話が寝室で交わされるのか。嫌だああああああ!!　節子それBLと違う、GLや！（ガールズラブのGではなく、ジジイラブのG）。本書にはそのような表現はありませんので、安心してお読み下さい。

　わたしの周囲にもたくさんの、お猫様に仕える愛の奴隷がいます。同業BL作家のS木Aみ先生なんかがその筆頭で、飢餓の時代がやってきて、最後に一切れだけお肉が余ってたら、迷わず猫に食べさせるとか言ってます。ていうかむしろ自分の肉を食べて生き延びて！　くらいの勢いです。猫を愛する人はすごいなあと思いました。わたしも、腹とか二の腕で余ってるお肉は全部お犬様やモモンガ様に食べさせたい（都合のいい脂肪の再利用）。

　犬はねーなんか受って感じがしないんですよね。英語でも性別不明の場合は、犬のことは彼、猫のことは彼女って言うことが多いし。リアルゲイの間でも、受は猫って言われるし。女の子キャラだと犬っぽくても可愛いかなと思うんだけど、BLで受が犬っぽいと、なんか可哀想で……!!　無体なことを強いるのが不憫で……!!（無体なことを強いるのが前提なのか)。と言いつつ犬っぽい受も過去に書いてますけど。大型わんこ攻も可愛いと思います。

リアルゲイで思い出しました。リアルゲイの世界では、圧倒的に攻不足なのだそうわりとみんな「あたしが攻められたい」っていう、受なんだそうです。受の人口比率が高すぎるせいで、バリタチ(超攻のこと)の人はどこへ行っても引っ張りだこなのだそうです。BLの世界だと攻が余っていて受が足りず、総受が普通なのに、現実ってシビアですね。以前、嫌いな男はみんな受にしちゃえって呟いたら、「ちん●の無駄遣いだ」とリアルゲイの人から指摘を受けました。そ、そうかッ……無駄遣いは、いけないよね……!エコロジーが大事だよねと、なんか納得してしまいました。

最近考えた一番ひどいネタは、「男が好きなんじゃない! おまえが好きなんだ!」って言おうとして間違えて、「おまえが好きなんじゃない! 男が好きなんだ!」って告白してふられる攻の話です。そりゃふられるわ。

おっさんと猫の親和性が意外なほど高かったので、またこういうトンチキなお話も書きたいです。ATOKで変換できなかったけど、漢字で書くと頓痴気です。この字づら、すごく好きです。

上川《うえかわ》きち様、可愛いイラストをありがとうございました。瀬嶋のズボンの股間の、布の皺の寄り方がとても素晴らしかったです(どこを見てるんだ)。あとYシャツの胸の部分

あとがき

の皺の描き方も、素晴らしいです。お口も自然体でなんか猫っぽくて可愛いです……！

担当K様、引き継ぎ早々、大変お世話になりました。うちの近所のコンビニが、「えっ、前日の夕方に出しても明日の午前には届きませんよ」とか嘘を……！　嘘っていうかわかってなかったんだと思うんですが、最寄り駅まで取りに来てもらうお約束をして電話を切った直後に、「やっぱり届きます」と……！　そんな感じでしたが、無事に届いてよかったです。ていうか、わたしがギリギリまで引っ張らなかったら別に午後着でもよかったんだ……うん……次こそはもっと素早く……。しかし猫耳のおっさん受、大変楽しく書かせていただきました。

それではこのへんで。次の本でもお会いできたら、うれしいです。

二〇一三年五月　水戸　泉

LYNX ROMANCE

女《じょ》王《おう》蜂《ばち》〜捕縛〜

水戸泉　illust. 有馬かつみ

898円
（本体価格855円）

「俺の子、孕んで下さいよ」会社社長の上谷那智は、経営を巡って対立していた叔父と秘書の新城一也の罠にはまり、倉庫に監禁されてしまう。複数の男の目の前でカメラを回され、危険な香りを放つ新城の手で何度もイかされて、快楽を引き出される那智。そんな那智に新城が囁く…。『女王蜂』になれと…。新城にビデオと弟を楯に取られた那智は、身も心も彼に「調教」されることになり…。

LYNX ROMANCE

絶《ぜっ》対《たい》束《そく》縛《ばく》

水戸泉　illust. 有馬かつみ

898円
（本体価格855円）

「神崎洸弁護士狙撃される」。見出しに躍る文字を見た新人代議士の春日佑一は、広げていた新聞を強く握りしめた…。収賄事件の揉み消しのため、みずから躰を差し出し、神崎に囲われていた佑一だったが、いつしか『遊び』で抱かれることに耐えられなくなり、神崎の元を飛び出していた。神崎に対する怨嗟の気持ちと思慕が入り交じる佑一。訪れた病院で神崎に冷たくされたが、彼の強引な誘いは断れず…。

LYNX ROMANCE

絶《ぜっ》対《たい》服《ふく》従《じゅう》

水戸泉　illust. 有馬かつみ

898円
（本体価格855円）

新人代議士の春日佑一は、派閥の領袖である代議士が犯した収賄を揉み消そうと、弁護士として辣腕をふるう神崎洸の元に向かった。だが、必死で頼み込む佑一は、神崎の口から衝撃の事実を聞かされる。『売られたんだよ、きみは』裏切られ、絶望とあきらめの中で、佑一に残された道は神崎を受け入れることしかなかった。男同士のセックスに嫌悪しながらも、徐々に神崎の手で快楽に溺れていく佑一だったが…。

LYNX ROMANCEx

極《ごく》道《どう》ハニー

名倉和希　illust. 基井颯乃

898円
（本体価格855円）

父親が会長を務める月伸会の傍系・熊坂組を引き継いだ猛。可愛らしく育ってしまった猛は、幼い頃、熊坂家に引き取られた兄のような存在の里見に恋心を抱いていた。組員たちから世話を焼かれ、里見にシノギを融通してもらってなんとか組を回していた猛。しかしある日、新入りの組員が突然姿を消してしまった。必死に探す猛の元に、消息を調べたという里見がやって来て「知りたければ、自分の言うことを聞け」と告げてきて…。

LYNX ROMANCE

アメジストの甘《あま》い誘惑《ゆうわく》

宮本れん　illust. Ciel

898円（本体価格855円）

大学生の暁は、ふとした偶然で親善大使として来日していたヴァルニーニ王国の第二王子・レオナルドと出会う。華やかで気品あるレオに圧倒されつつも、気さくな人柄に触れ、彼のことをもっと知りたいと思いはじめる暁。一方レオナルドも、身分を知っても変わらず接してくれる素直な暁を愛おしく思うようになる。次第に惹かれあっていくものの、立場の違いから想いを打ち明け合うことが出来ずにいた二人は…。

LYNX ROMANCE

月蝶《げっちょう》の住《す》まう楽園《らくえん》

朝霞月子　illust. 古澤エノ

898円（本体価格855円）

ハーニャは、素直な性格を生かし、赴任先のリュリュージュ島で仕事に追われながらも充実した日々を送っていた。ある日配達に赴いた貴族の別荘で、無愛想な庭師・ジョージィと出会うハーニャ。冷たくあしらわれるが、何度も配達に訪れるうち時折覗く優しさに気付き、次第にジョージィを意識するようになる。そんな中、配達途中の大雨でずぶ濡れになったハーニャは熱を出し、ジョージィの前で倒れてしまい…。

LYNX ROMANCE

奪還《だっかん》の代償《だいしょう》～約束の絆～

六青みつみ　illust. 葛西リカコ

898円（本体価格855円）

故郷の森の中で聖獣の繭卵を拾った軍人のリグトゥールは、繭卵を慈しみ大切にしていた。しかし繭卵が窃盗集団に奪われてしまう。繭卵の呼び声を頼りに行方を追い続けるも、孵化したために声が聞こえなくなる。それでも、執念で探し続けるリグトゥールは、ある任務中に立ち寄った街で主に虐げられている黄位の聖獣・カイエと出会う。同情し、世話をやいているうちに彼が盗まれた繭卵の聖獣だと確信するが…。

LYNX ROMANCE

銀《ぎん》の雫《しずく》の降《ふ》る都《みやこ》

かわい有美子　illust. 葛西リカコ

898円（本体価格855円）

レーモスよりエイドレア辺境地に赴任しているカレル。三十歳前後の見た目に反し、実年齢は百歳を超えるカレルだが、レーモス人が四、五百年は生きる中、病気のため治療を受け続けながら残り少ない余命を淡々と過ごしていた。そんなある日、内陸部の市場で剣闘士として売られていた少年を気まぐれで買い取る。ユーリスと名前を与え、教育や作法を躾けるが、次第に成長し、全身で自分を求めてくる彼に対し徐々に愛情が芽生え…。

LYNX ROMANCE

ブラザー×セクスアリス

篠崎一夜　illust. 香坂透

898円
（本体価格855円）

全寮制の男子校に通う真面目な高校生・仁科吉祥は、弟の関係に悩んでいた。狂犬と評され、吉祥以外の人間に関心を示さない彌勒と、兄弟でありながら肉体関係を結んでしまったのだ。弟の体しか知らず、何も分からないまま淫らな行為をされることに戸惑う吉祥は、性的無知を彌勒に揶揄われ、兄としての自尊心を傷つけられる。弟にされるやり方が本当に正しい性交方法なのか、DVDを参考にしようと試みる吉祥だが…。

LYNX ROMANCE

恋《こい》もよう、愛《あい》もよう。

きたざわ尋子　illust. 角田緑

898円
（本体価格855円）

カフェで働く紗也は、同僚の洸太郎から兄の逸樹が新たに立ち上げるカフェの店長をしてくれないかと持ちかけられる。逸樹は憧れの人気絵本作家であり、その彼がオーナーでギャラリーも兼ねているカフェだと聞き、紗也は二つ返事で引き受けた。しかし実際に会った逸樹は、数多くのセフレを持ち、自堕落な性生活を送る残念なイケメンだった。その上逸樹は紗也にもセクハラまがいの行為をしてくるが、何故か逸樹に惚れてしまい…。

LYNX ROMANCE

一《ひと》つ屋根《やね》の下《した》の恋愛協定《れんあいきょうてい》

茜花らら　illust. 周防佑未

898円
（本体価格855円）

恭が大家をしている食事つきのことり荘には、3人の店子がいた。大人なエリートサラリーマンの乃木に、夜の仕事をしている人嫌いの男・真行寺、そして大学生で天真爛漫な千尋と個性豊かな3人だ。半年かけ、ようやく炊事や掃除など大家としての仕事も慣れてきた恭は、平穏な日々を送っていた。しかしその裏では恭に隠れてコソコソと3人で話し合いが行われていて、ある日突然3人の中から誰か一人を恋人に選べと迫られ…。

LYNX ROMANCEx

ハカセの交《こう》配《はい》実《じっ》験《けん》

バーバラ片桐　illust. 高座朗

898円
（本体価格855円）

草食系男子が増えすぎたため、深刻なまでに日本の人口が減少し続けていた。少子化対策の研究をしている桜河内は、性欲自体が落ちている統計に着目していたところ、いかにも性欲の強そうな須坂を発見する。そこで、研究のため須坂のデータを取ることになった桜河内だが、二人が協力し合ううち、愛情が目覚めていく。そんなある日、別の研究者が、桜河内に女体化する薬を飲ませていたことが発覚し…。

LYNX ROMANCE

あかつきの塔《とう》の魔《ま》術《じゅつ》師《し》

夜光花

illust. 山岸ほくと

898円
（本体価格855円）

長年隣国であるセントダイナの傘下にある魔術師の国サントリム。代々人質として、王子を送っており、今は王族の中で唯一魔術が使えない第三王子のヒューイが隣国で暮らしている。魔術師のレニーが従者として付き添っているが、魔術が使えることは内密にされていた。口も性格も悪いが常にヒューイのことを第一に考え行動してくれる彼と親密な絆を結び、美しく育ったヒューイ。しかし、世継ぎ争いに巻き込まれてしまい…。

LYNX ROMANCE

教《おし》えてください

剛しいら

illust. いさき李果

898円
（本体価格855円）

やり手の会社経営者・大堂勇磨のもとに、かつて身体の関係があった男・山陵が現れる。「なにをしてもいいから、五百万貸してくれ」と息子の啓を差し出す山陵に腹を立てた大堂は、啓を引き取ることに。タレントとして売り出そうとするが、二十歳の啓の顔立ちは可愛いものの覇気がなく、華やかさも色気もなかった。まずは自信を持たせるためにルックスを磨き、大堂の手でセクシュアルな行為を仕込むが…。

LYNX ROMANCE

リーガルトラップ

水壬楓子

illust. 亜樹良のりかず

898円
（本体価格855円）

名久井組の若頭・佐古は、組のお抱え弁護士である征眞とセフレの関係を続けていた。そんなある日、佐古は征眞が結婚するという情報を手に入れる。征眞に惚れている佐古は、彼が結婚に踏み切らないよう、食事に誘ったりプレゼントを用意したりと、あの手この手で阻止しようとする。しかし残念ながら、征眞の結婚準備は着々と進んでいき…。RDCシリーズ番外編。

LYNX ROMANCE

罪《とが》人《びと》たちの恋《こい》

火崎勇

illust. こあき

898円
（本体価格855円）

母子家庭の信田は、事故で突然母を亡くしてしまう。葬儀の場に父の遣いが現れ、信田はヤクザの組長だった父に引き取られることに。ほとんど顔を合わせることのない父の代わりに、波瀬という組の男に面倒を見られる日々を送ることになった信田。共に過ごすうち、次第に惹かれ合うようになる二人。しかし父が何者かに殺害され、信田は波瀬が犯人だと教えられる。そのまま彼は信田の前から消えてしまい…。

LYNX ROMANCE

シンデレラの夢《ゆめ》

妃川螢　illust. 麻生海

898円（本体価格855円）

祖母が他界し、天涯孤独の身となった大学生の桐島玲は亡き祖母の治療費や学費の捻出に四苦八苦していた。そんな折、受験を控えている家庭教師先の一家の旅行に同行して欲しいと頼まれる。高額なバイト代につられてリゾート地の海外に来た玲は、スウェーデン貴族の血を引く製薬会社の社長・カインと出会う。夢が新薬の開発で薬学部に通う玲は、彼の存在を知っていたが、そのことがカインの身辺を探っていると誤解され…。

LYNX ROMANCE

眠《ねむ》り姫《ひめ》とチョコレート

佐倉朱里　illust. 青山十三

898円（本体価格855円）

バー・チェネレントラを経営している長身でハンサムな優しい男・黒田剛は、店で繰り広げられる恋の行方をいつでも温かく見守り、時にはキューピッドにもなってきた。そんな黒田だが、その実、素はオネエ言葉な乙女男子だった。恋はしたいけれど、こんな男らしい自分が受け身の恋なんて出来るはずがないと諦めている。しかしある日、バーの厨房で働くシェフの関口から突然口説かれて…。

LYNX ROMANCE

夏《なつ》の雪《ゆき》

葵居ゆゆ　illust. 雨澄ノカ

898円（本体価格855円）

事故で弟が亡くなって以来、壊れていく家族のなかで居場所をなくした冬は、ある日衝動的に家を飛び出してしまう。行くあてのない冬を拾ったのは、偶然出会った喜雨という男だった。優しさに慣れていない冬は、喜雨の行動に戸惑うが、次第にありのままを受け入れてくれる喜雨に少しずつ心を開いていく。やがて、喜雨に何気なく触れられるたびに、嬉しさと切なさを感じはじめた冬は、生まれて初めて人を好きになる感情を知り…。

LYNX ROMANCE

初《はつ》恋《こい》のソルフェージュ

桐嶋リッカ　illust. 古澤エノ

898円（本体価格855円）

長い間、従兄の尚梧に片想いをし続けている凛は、この初恋は叶わないと思いながらも諦めきれずにいた。しかし、尚梧から突然告白され、嬉しさと驚きで泣いてしまった凛は、そのまま一週間、ともに過ごすことになった。激しい情交に溺れる日々の中、「尚梧に遊ばれている」だけだと彼の友人に凛は告げられる。それでも好きな想いは変わらなかった凛は、関係が終わるまで尚梧の傍にいようと決心し…。

LYNX ROMANCE

サクラ咲《さ》ク

夜光花

898円
(本体価格855円)

高校生のころ三ヶ月間行方不明になり、その間の記憶をなくしたままの怜士。以来、写真を撮られたり人に触れられたりするのが苦手になってしまった怜士は、未だ誰ともセックスすることが出来ずにいる。そんなある日、中学時代に憧れ、想いを寄せていた花吹雪先輩——櫻木と再会する。櫻木がおいかけていた事件をきっかけに、二人は同居することになるが…。人気作「忘れないでいてくれ」スピンオフ登場！

LYNX ROMANCE

濡《ぬ》れ男《おとこ》

中原一也　illust. 梨とりこ

898円
(本体価格855円)

大学時代からの友人で、魔性の魅力を持つ男・楢崎に惑わされる、准教授の岸尾。大学生のころから楢崎に惚れていた岸尾は、楢崎が放つエロスに負け、とうとう一線を超えてしまった。しかし、楢崎の態度はその後も一向に変わらず、さらには他の男に抱かれたような様子まで岸尾に見せてくる。そんな彼に対し、岸尾はついに決別を言い渡すが…。無自覚ビッチに惚れてしまった岸尾の運命やいかに…。

LYNX ROMANCE

幽霊《ゆうれい》ときどきクマ。

水壬楓子　illust. サマミヤアカザ

898円
(本体価格855円)

ある朝、刑事の辰彦は、帰宅したところを美貌の青年に出迎えられる。青年は信じられないことに、床から10センチほど浮いていた。現実を直視したくない辰彦に対し、青年の幽霊は「自分の死体を探して欲しい」と懇願してくる。今、追っている事件に関わりがありそうな予感から、気が乗らないながらも引き受ける辰彦。ぬいぐるみのクマの中に入りこんだ幽霊・恵と共に死体を探す辰彦だったが…。

LYNX ROMANCE

理事長様《りじちょうさま》の子羊《こひつじ》レシピ

名倉和希　illust. 高峰顕

898円
(本体価格855円)

奨学金で大学に通っている優貴は、理事長である滝沢に対して恩を感じていた。それだけでなく、その魅力的な容姿と圧倒的な存在感に憧れ、尊敬の念さえ抱いていた。めでたく二十歳を迎えた優貴は、突然滝沢から呼び出されて、食事をご馳走になる。酒を飲んだ優貴は突然睡魔に襲われてしまう。目覚めると、裸にされ滝沢の愛撫を受けていた優貴は、滝沢の家に住み、いつでも身体の相手をすることを約束させられ…。

この本を読んでの
ご意見・ご感想を
お寄せ下さい。

〒151-0051
東京都渋谷区千駄ヶ谷4-9-7
(株)幻冬舎コミックス　リンクス編集部
「水戸《みと》 泉《いずみ》先生」係／「上川《うえかわ》きち先生」係

リンクス ロマンス

ケモラブ。

2013年5月31日　第1刷発行

著者……………水戸《みと》 泉《いずみ》
発行人…………伊藤嘉彦
発行元…………株式会社　幻冬舎コミックス
〒151-0051　東京都渋谷区千駄ヶ谷4-9-7
TEL 03-5411-6431（編集）
発売元…………株式会社　幻冬舎
〒151-0051　東京都渋谷区千駄ヶ谷4-9-7
TEL 03-5411-6222（営業）
振替00120-8-767643
印刷・製本所…共同印刷株式会社
検印廃止

ISBN978-4-344-82840-7 C0293
Printed in Japan

幻冬舎コミックスホームページ　http://www.gentosha-comics.net